W0336722

EEN ECHTE MAN

Van Mohamed Mbougar Sarr verscheen eerder

De diepst verborgen herinnering van de mens

MOHAMED MBOUGAR SARR

Een echte man

Roman

Vertaald uit het Frans door Jelle Noorman

Uitgeverij Atlas Contact
Amsterdam/Antwerpen

De vertaler ontving voor deze vertaling een projectsubsidie van het Nederlands Letterenfonds.

Nederlands letterenfonds
dutch foundation
for literature

© 2018 Éditions Philippe Rey
De oorspronkelijke uitgave verscheen bij Éditions Philippe Rey, Parijs, en Éditions Jimsaan, Dakar
Uitgegeven in overeenstemming met de agentschappen Books and More Agency #BAM, Parijs, en 2 Seas Literary Agency Inc. All rights reserved
© 2023 Nederlandse vertaling Jelle Noorman
Oorspronkelijke titel *De purs hommes*
Omslagontwerp Rouwhorst + Van Roon
Omslagbeeld iStockphoto/CSA-Printstock
Foto van de auteur © Rights reserved
Ontwerp typografie binnenwerk Wim ten Brinke
Drukkerij Wilco

ISBN 978 90 254 7506 2
D/2023/0108/714
NUR 302

www.atlascontact.nl

MIX
Papier | Ondersteunt verantwoord bosbeheer
FSC® C004472

I

‘Heb je dat filmpje gezien dat sinds een paar dagen rondgaat?’

Helemaal in de roes van mijn orgasme wilde ik gaan slapen. Dat kon ik vergeten. In deze wereld klinkt er altijd wel een stem die je met de beste bedoelingen iets verschrikkelijks wil aandoen: je ontnuchteren. Ze gaf niet op: ‘Het staat op bijna alle telefoons in het land. Naar het schijnt was het zelfs even te zien op een tv-zender voordat het werd weggedraaid...’

Geen keus: ik moest wel terugkeren naar de ruimte van mijn slaapkamer, waar het rook naar zweetoksels en sigaretten, maar die vooral gevuld was met een geur die alle andere verstikte, de nadrukkelijke geur van seks, van haar seks. Dat unieke reukmerk zou ik uit duizenden hebben herkend, die geur van haar seks na de liefde, de geur van volle zee, die leek te ontsnappen aan een wierookvat uit het paradijs... De schemering greep om zich heen. Het was te laat om nog een idee te hebben van de tijd. Nacht.

Toch wilden luide stemmen buiten van geen wijken weten: het wanordelijke koor van volk dat, vermoeid of niet, de lust tot slapen allang was vergaan. Ze praatten, als dat het woord is voor die zinnen zonder kop of staart, die onvoltooide monologen, die onverstaanbare fluisteringen, die schelle kreten, die onwaarschijnlijke opmerkingen, die geniale onomatopeeën, die zeikerige nachtpreken, die treurige liefdesverklaringen, die obscene krachttermen. Praten? Nee, zo kon je het echt niet noemen: ze lieten hun zinnen als moddervette sauzen uit hun mond druipen, in één lange stroom, ook al sloegen ze nergens op, zolang ze er maar uit vloeiden, zolang ze maar dat ene afwendden waar ze als de dood voor waren: de stilte, de verschrikkelijke stilte die elk van hen zou hebben gedwongen zichzelf te zien zoals hij werkelijk was. Ze dronken thee en legden een kaartje, ze dompelden zich onder in verveling en apathie, maar zogenaamd met stijl, met die hypocriete elegantie die onmacht het aanzien verleende van een keuze waarvoor enkelen plechtstatig het woord waardigheid gebruikten. M'n reet. In elke zin, elk gebaar legden ze het volle gewicht van hun bestaan, dat niets woog. De weegschaal van hun lot gaf geen krimp. De wijzer bleef op nul, het grote niets. Het allerergste was nog dat deze doodsstrijd zich niet afspeelde op een prachtig podium dat recht deed aan wat er op het spel stond; nee, dit alles geschiedde in de ultieme anonimiteit van stoffige, smerige, in duisternis verzonken straten. Maar goed ook, want als ze elkaar hadden kunnen zien, zouden ze zich collectief van het leven hebben beroofd. Het was zo al treurig genoeg. Ze wachtten. God alleen wist waarop. Op Godot. Op de barbaren. Op de Tataren. Op de Syrten. Op het moment dat de wilde dieren gingen stemmen. God alleen wist op wie. Elke keer dat een van hen lachte, had ik het gevoel dat hij iets de lucht in schoot, een noodsignaal dat daar boven als een lichtkogel uiteenspatte. Sommigen vinden dat bewonderenswaardig: kijk ze toch, die brave lieden! Ondanks alles lachen ze! Met hun geloof in het leven tarten ze de dood! Arm maar eerzaam, enzovoort! En we zijn geroerd. We hemelen ze op. We eren ze met imposante, statige borstbeelden. Maar ik zeg: op een voetstuk hijs je alleen de doden, helden of tirannen. Dit nachtvolk bestond uit louter sukkelaars. Had ik het hart de mythe van hun moed door te prikken?

'Hoorde je wat ik zei?'

'Ja, je had het over dat filmpje.'

'Ah, dus je hebt het gezien?'

'Nee. Ik weet niet over wat voor filmpje je het hebt.'

'Waarom zeg je dan "dat filmpje"?'

'Weet ik veel. Automatische reactie.'

'Je luisterde niet naar me.'

'Nee, niet echt, sorry. Maar "dat filmpje" hoorde ik wel. Welk filmpje?'

'Wacht. Ik heb het hier.'

Ze hief haar hoofd op van mijn schouder en was een paar seconden op zoek naar haar telefoon die verdwenen was tussen de kussens, de lakens, het dekbed en de kleren die we eerder in onze haast om te vrijen her en der op het bed hadden laten vallen. Ze vlijde zich weer neer op mijn borst. Het schelle licht van het scherm brandde een moment in mijn ogen terwijl zij op enkele centimeters van onze gezichten de telefoon bediende. En algauw was er niets anders meer zichtbaar dan het scherm.

'We beelden hier gewoon de metafoor uit van onze tijd. Een tijd waarin iedereen verblind is en het heldere schijnsel van de technologie ons niet verlicht maar ons netvlies verschroeit, de wereld in een eindeloos duister stort en...'

'Je bent een intellectueel,' onderbrak ze me genadeloos. 'Misschien is wat je net allemaal zei reuze-interessant. Maar ik snap er niets van. Echt geen moer.'

Ze loog: ze begreep alles wat ik zei. Sterker nog, ze wist bijna altijd te raden, nee, het ging verder, te voorspellen, ja, dat was het, na de eerste zin te voorspellen wat ik allemaal nog meer ging zeggen. Rama. Zo heette ze. Ze had een scherpe, ongetemde geest, een verstand zo briljant dat ze er niet goed raad mee wist en het in gezelschap, uit schaamte of bescheidenheid, altijd beteugelde. Maar ik trapte daar allang niet meer in. Woedend rukte ik haar masker af.

'Je liegt. Je liegt dat je barst. Dat weet ik.'

'Dat van die verblinde wereld interesseert geen mens. En als jij kunt zien dat iedereen verblind is, dan is dat omdat je denkt dat je dat zelf niet bent. Maar kun jij wél zien? Echt? Kijk liever hier eens naar.'

Ze startte het filmpje, dat zoals altijd bij amateuropnames begon met een rommelige mengelmoes van stemmen en beelden: er was geen enkele context, alleen maar stemmen, schimmen, ademgeluiden; de maker van het filmpje was dus niet alleen, maar leek omringd door een woud van mensen; zijn hand trilde, het beeld was niet scherp, maar kwam na een paar seconden tot rust; degene die filmde nam het woord – het was een man – en vroeg, zowel namens zichzelf als namens ons, de kijkers, wat er gaande was, maar hij kreeg geen antwoord. Hij hield zijn arm wat hoger, zodat beter zichtbaar werd wat er om hem heen gebeurde: er was een grote, dichte menigte op de been. In de verte klonken nu luidere stemmen: 'Naar de begraafplaats! Kom op, naar de begraafplaats!' 'Naar de begraafplaats? Waarom?' vroeg de man. Opnieuw werd het beeld vaag; je merkte dat het tempo van de man die de telefoon vasthield veranderde, dat hij sneller bewoog, alsof hij het op een lopen had gezet om de menigte bij te houden. 'Waarom de begraafplaats?' herhaalde hij, en het klonk als een klaagzang. 'Waarom de begraafplaats?' Opnieuw kreeg hij geen antwoord, maar hij bleef voorthollen, en algauw schreeuwden onbehouwen mannenstemmen: 'Hier is het! Daarzo!' De man die filmde hield de pas in en zei met een absurd professionele commentaarstem, die klonk alsof hij tegen zichzelf sprak: 'We zijn op de begraafplaats, ik probeer wat dichterbij te komen.' Daarop baande hij zich een weg door de samengeschoolde menigte, gebruikte zijn ellebogen (je hoorde boze stemmen die luid protesteerden), verontschuldigde zich, maar hij bleef doorlopen, botste tegen mensen op, duwde ze met zijn schouder opzij. Opeens was er een heftige beweging zichtbaar op het scherm, dat daarna een paar seconden zwart bleef. 'Zijn telefoon was gevallen,' zei Rama, 'maar het gaat zo weer verder.' En inderdaad, daarna 'hadden we weer beeld', om die lelijke uitdrukking te gebruiken. De maker van het filmpje leek te zijn aangekomen op een plek waar hij niet verder kon omdat de menigte te dicht opeengepakt stond.

Je hoorde hem geschrokken reageren, hij hield zijn telefoon boven de hoofden, en toen verscheen op het scherm, een paar meter verderop, omgeven door een muur van mannen, een graf dat door twee potige, met scheppen gewapende kerels werd uitgegraven, een graf dat al behoorlijk diep was, als een gapende wond in het vlees van de aarde, en daaromheen, afgezien van die twee kerels, geen mens die zich nog verroerde: de omstanders leken als aan de grond genageld rond dat gat te staan, zwijgend, ernstig, alsof hier een van hun ouders of hun eigen lichaam, hun eigen ziel begraven werd. Zelfs de hand van de filmer leek te zijn versteend: hij trilde niet meer en alles was nu strak en scherp in beeld. De mannen groeven met de bezetenheid van schatgravers die hun buit binnen handbereik wisten, de een met ontbloot bovenlijf, de ander met openhangend hemd, dat zo doorweekt was van het zweet dat het aan zijn huid plakte; ze ademden zwaar; om beurten kwamen hun scheppen boven, vol aarde en woede; de kuil werd steeds breder, steeds dieper, totdat een van de twee zei: 'Het is goed zo!' En alsof die zin het teken was waarop iedereen had gewacht, kwam de meute opnieuw, maar nu nog woester en uitzinniger in beroering: diep in het graf en in de menigte leek iets monsterlijks verscholen te liggen. Opeens klonken er schreeuwende stemmen: 'Haal hem eruit! Hij begint te rotten, wat een lucht! De stank van de zonde! De stank van het geslacht van zijn moeder, dat hij nooit had mogen verlaten!'

Voordat ik begreep wat er werd bedoeld, zag ik hoe een van de twee kerels naast het graf was neergeknield, hoe zijn blote bovenlijf met gezwollen spieren in het gat hing. Een paar seconden later kwam hij er weer uit: eerst zijn hoofd en schouders, vervolgens zijn armen, en daarna, ja, ik zag het goed, doemden de contouren op van iets wat de grafdelver met zijn handen uit de kuil probeerde te trekken; die andere vent schoot hem te hulp; ze trokken, kreunden, vloekten. Stukje bij beetje kwam het voorwerp uit de grond tevoorschijn, als een zware kist die daar al duizend jaar begraven lag; hijgend, met een mengeling van afschuw en genot, stond de menigte toe te kijken; ik hoorde een aantal keren 'Allahoe akbar! Allahoe akbar!'; zelfs de filmer riep het. De twee mannen trokken nog steeds aan het voorwerp, dat nu bijna uit het gat bevrijd was; het leek wel een groot stuk in witte stof gewikkeld dood hout; ze trokken, nog één krachtsinspanning, als de laatste slag van de houthakkersbijl voordat de baobab ter aarde stort, en daar dook het lijk op uit de kuil, begeleid door een intens en onmenselijk rumoer, waarin angstkreten versmolten met Koranverzen en scheldtirades. Het opgegraven lijk viel neer op de grond, het stof stoof op; vervuld van ontzetting en machteloze woede sloot ik mijn ogen, maar het filmpje ging verder, speelde in op mijn morbide nieuwsgierigheid, en ik deed ze weer open.

Het beeld werd steeds chaotischer, schoot alle kanten op, wervelde rond. De menigte had zich opnieuw in beweging gezet, maar bewoog niet echt meer als één man. Wel bleef op het scherm voortdurend, als een oriëntatiepunt, een witte vlek te zien: de lijkwade die zich afwikkelde terwijl het lichaam van de begraafplaats werd weggesleept; de filmer volgde het lijk op de voet, haalde de mannen in die het woedend en zonder pardon voorttrokken; de overledene werd door het stof gesleurd, bijna ontdaan van zijn lijkwade; je kon zien dat de dode nog maar door een dun laagje werd beschermd. Enkele seconden later aanschouwde ik, onder het hese en tevreden gehijg van de mannen, het naakte lichaam van de dode en zijn vooruitstekende geslachtsdeel; ik deed mijn ogen dicht om aan dat beeld te ontkomen, maar achter mijn gesloten oogleden zag ik hem des te duidelijker, zo dood, zo naakt, een volkomen inwendig beeld dat zich aan mijn neuronen hechtte, dat door mijn verbeelding werd uitvergroot en van gruwelijk heldere details werd voorzien; ik opende mijn ogen weer, net op tijd om te zien hoe het lichaam, begeleid door verwensingen en vette fluimen, uit de begraafplaats werd gegooid, waarop het filmpje abrupt ophield, of Rama had het stopgezet, dat weet ik niet meer.

Enkele ogenblikken bleven we zwijgen. Zelfs de stemmen buiten leken stilgevallen. Het was zo'n stilte die je liever niet liet voortduren maar ook niet durfde te verbreken, omdat je het idee had dat elk van beide opties alleen maar op ellende kon uitlopen. Toch moest er iets gezegd worden. Rama waagde het erop: 'Nou? Dat komt binnen, hè?'

'Waar is dat gebeurd?'

'Hier, in Dakar. Ik ben er nog niet achter op welke plek precies. Maar het is gebeurd, daar gaat het om.'

Ik haalde mijn schouders op. Ik had niet de moed of de behoefte om nog iets te zeggen. Mijn keel was droog en mijn tong voelde zwaar. Mijn borst klonk hol. Ik kwam overeind, liep naar het raam en stak een sigaret op. Langzaam vormden de lachsalvo's opnieuw hun donkere constellatie aan de hemel. Ik vroeg me af waarom Rama me dat had laten zien. Ze wist wel dat ik liever niet naar geweld keek, niet omdat ik zo teerhartig was, maar om de eenvoudige reden dat ik een hekel had aan de primitieve fascinatie die het bij me opriep. Er welde een misselijk gevoel in me op, dat door de sigaret werd versterkt. Ik werd bevangen door een drukkende loomheid, die ik tevergeefs trachtte te verdrijven door me te verliezen in de aanblik van de in duisternis gehulde huizen.

'Kom,' zei ze uiteindelijk.

Ik wist precies wat de toon waarop ze me uitnodigde betekende. Vol weerzin (maar het vlees is zo zwak) wierp ik de peuk weg, en ik ging bij haar liggen. Ze begon me te strelen. Ik kon het niet verbergen: ik was nog ontdaan, van slag. Het beeld van het lijk dat uit het graf oprees legde een knoop in mijn maag. Rama's lichaam was me opeens vreemd. Ik voelde me onhandig en onbeholpen. Ik was even vergeten hoe je de liefde bedrijft. Maar dat geheugenverlies was van korte duur: de herinnering lag verscholen in handen, blik, adem, huid, lippen. Het was er zo een die je niet kwijt kunt raken, tenzij je jezelf verliest. Mijn begeerte keerde na een paar minuten terug, veel te snel, als het aan mijn morele principes lag (maar ik had ze weleens willen zien, die principes, als ze tegen Rama's naakte, warme lichaam gevlijd lagen, tegen haar billen, zo strak gebald als de vuisten van een bokser die revanche wil, haar kleine borsten, zo zacht en gerieflijk als verenbollen)... Ik kwam klaar als een heilige die in een mystieke extase zijn transfiguratie beleefde.

Je ergens kapot van schrikken, er diep door geschokt zijn en je vlak daarna overgeven aan genot en het hele drama vergeten: alleen een mens is in staat om beurtelings of misschien wel tegelijkertijd de broer van een monster en de zus van een engel te zijn. Geen enkele vorm van oprecht fatsoen beklijft. Of misschien ben ik de enige die zo is.

Ik herinner me – ik studeerde nog in Frankrijk – dat ik me een paar minuten nadat ik had vernomen dat mijn moeder was overleden kapot van verdriet in de armen van mijn toenmalige vriendin stortte. Manon heette ze en ik was bij haar toen mijn vader belde. Ze hoorde tegelijk met mij die onheilstijding die geen mens op aarde wil ontvangen, ook al weten we dat er niet aan te ontkomen valt. Manon troostte me, terwijl ik me als een kind tegen haar borst aan drukte en haar blouse doorweekte met mijn smart. Een hele poos bleven we zo liggen. Het was winter, een paar dagen voor Kerstmis. De brandende vlam van de kou tegen mijn botten, de zwarte lijkwade van de nacht die voortijdig over de wereld was geworpen, de weemoed die me altijd had vergezeld in dat seizoen – het versmolt allemaal met mijn verdriet om dat verschrikkelijke en toch zo eenvoudige feit: mijn moeder was dood.

Ik had langdurig in Manons armen liggen huilen. En toen opeens, nog steeds in tranen, in een opwelling die me verraste en tegelijkertijd verbijsterde, maar die ik niet kon weerstaan, begon ik haar borsten en de binnenkant van haar dijen te strelen, en voelde ik het verlangen haar uit te kleden. Opeens had ik de even waanzinnige als duistere drang haar daar ter plekke te neuken als nooit tevoren. Eerst wilde ze niet. Maar wie kan iemand die net gehoord heeft dat zijn moeder is overleden een beetje vertroosting weigeren? Uiteindelijk zwichtte ze. Ik weet niet of dat uit verdorvenheid, medelijden, christelijke naastenliefde of echte liefde was. Uit angst? Was ze bang dat ik haar, verblind door woede, met geweld zou nemen? Haar zou verkrachten? Heb ik haar verkracht? Dat vraag ik me nu pas af. Mijn God... Ik heb haar daarna niet meer gezien.

Maar het feit blijft dat die nacht, de nacht waarin ik hoorde dat mijn moeder was overleden, voor mij ook een geweldige liefdesnacht met Manon is geweest. Eén en dezelfde nacht was het, waarin de pijn, die eindeloze pijn, zich zozeer vermengde met fysieke lust dat mijn ziel na afloop uitgeput was, bijna dood, maar ook bevestigd in wat naar mijn idee ten grondslag lag aan mijn menszijn: tragiek. Of beestachtigheid. Toch was ik zelfs in die beestachtigheid slechts een mens, een nietig, gebroken mens, ellendig, ongelukkig en verweesd. Ik had het verdiend die avond te sterven. Was ik toen maar gestorven. Ik zou blij zijn geweest. Dan zou ik mijn moeder hebben teruggezien.

Hier waren we dan, in het hart van de nacht. Het klopte trager en trager, alsof de wereld over een paar seconden zou ophouden met ademhalen, en wij ook. We gingen slapen. Ik lag tegen Rama's rug aan, koesterde haar als een gewond vogeltje. We leken wel twee lepeltjes die door een pietje-precies in elkaar waren gepast. Op de rand van de slaap zei ze nog iets. Dat was zonder meer haar specialiteit.

'Wat vind je ervan?'

'Waarvan?' vroeg ik na enkele ogenblikken, waarin ik mijn hersenen opnieuw opstartte.

'Van dat filmpje.'

'Dat weet ik niet goed... Ik ben erdoor geschokt, maar op dit moment weet ik niet wat ik ervan moet denken. Ik neem aan dat hij een *góor-jigéen** was...'

Ze maakte zich los uit mijn armen, draaide zich naar me toe, gaapte me aan, doodde me met haar blik. Haar lippen trilden, en uiteindelijk ontsnapten er deze woedende woorden aan: 'Je neemt aan dat hij een góor-jigéen was? Dat neem je aan? Wat zou hij anders zijn geweest? Het zijn de enigen in dit land die geen recht hebben op een graf. De enigen aan wie het recht op zowel de dood als het leven wordt ontzegd. En jij weet niet wat je ervan moet denken?'

Voor de zekerheid bleef ik een paar seconden zwijgen. Ik hoorde aan haar stem dat ik een grens had overschreden. Alles wat ik te zeggen had, zou tegen me worden gebruikt. Alles wat ik voor me hield ook.

'Nee. Ik weet het niet. Nou ja, het was maar een góor-jigéen.'

Die laatste woorden had ik op een harde, vastberaden toon gezegd die me zelf verraste, al was ik me er terdege van bewust wat ik zei. Maar waar kwam onmiddellijk

---

* Homoseksueel in het Wolof.

daarna dan dat gevoel vandaan dat ik de schuilplaats van een monster was, een monster dat me uit mezelf zou verjagen of, al kwam dat waarschijnlijk op hetzelfde neer, me diep in mezelf zou opsluiten? Waar kwam dat besef vandaan dat er in mijn eigen wezen iets oneigenlijks in werking was getreden? Ik was er zeker van dat ik, toen ik die zin uitsprak, mezelf niet meer was. Ik had gesproken met de mond van de massa waarin, als in een massagraf – waaruit ze echter voortdurend herrezen –, de meningen van dit land bestorven lagen. Ik was de mond van oude krachten die met me konden doen wat ze wilden. Ik kende mijn innerlijke waarheid niet meer; in dit specifieke geval leek me alleen al het idee dat ik zo'n waarheid zou hebben gevaarlijk. En dus had ik mijn onverschilligheid overdreven, alsof ik vreesde dat het oog van mijn gemeenschap me op heterdaad op mijn zwakheid zou betrappen. In het tribunaal van mijn slaapkamer, waar ik alleen was met Rama, had ik daarom een hernieuwde gelofte afgelegd aan mijn cultuur, die altijd even onzichtbaar als hinderlijk aanwezig was, met die loodzware last van eeuwen, met al die miljarden blikken op mij gericht.

Ondertussen doorboorde Rama's duistere, onheilspellende blik me met een salvo gifpijlen. Ik hoorde haar bijna in haar hoofd de minachtende woorden zoeken die ze me in het gezicht wilde spuwen, het begin van verschrikkelijke zinnen die in haar brein ontvlamden, oplaaiden als een bosbrand, en op het punt stonden om me als een zondaar te verzengen: 'Jij vuile... Besef je wel, klootzak die je bent, wat... Vies kaal heterozwijn, heb je dan geen... Je bent niets, niets, niets meer dan een lullig klein... De dingen die je zegt zijn nog achterlijker dan...' Maar het was Rama niet genoeg: haar zinnen, nog te zwak voor de brandstapel die ze voor me in petto had, doofden in haar verstikkende razernij. Ze zocht zo lang dat ze uiteindelijk in een toestand raakte die nog huiveringwekkender was dan woeste ergernis: koele woede.

'Ik vraag me weleens af,' zei ze uiteindelijk, 'wat ik moet met zo'n vent als jij. Ik begrijp je niet. Meestal ben je een schat, ruimdenkend, beschaafd, gevoelig zelfs. En dan ineens, paf, verlaag je je tot de ongelofelijkste, achterlijkste domheid, alsof je in een mentale luchtzak terecht bent gekomen. Je bent uiteindelijk net als al die anderen. Net zo'n domme lul. En die anderen hebben soms dan nog het excuus dat ze geen hoogleraar zijn, iemand die zogenaamd erudiet en weldenkend is. Nou ja, het was maar een góor-jigéen, hè?'

Ze herhaalde die zin met een ironische verontwaardiging in haar stem. Ik deed mijn mond open om te reageren. Ze gaf me niet de gelegenheid: in een flits ontnam een klap me de lust iets terug te zeggen, pets!, en de linkerkant van mijn gezicht begon pijnlijk te gloeien. Want ze kon snel en hard slaan. Ik voelde de onweerstaanbare drang mijn wang te masseren, maar dat was mijn eer te na: ik was wel een man. Rama had zich al omgedraaid. Ze zou een paar dagen lang kwaad op me blijven en vanavond niets meer tegen me zeggen. Des te beter. Ik had niet de energie om verder te discussiëren. Ik moest de volgende dag college geven. In het donker, zodat mijn waardigheid intact bleef, wreef ik uiteindelijk toch een beetje over mijn wang; daarna werd ik door vermoeidheid overmand en verzonk ik algauw in een slaap waarvan ik nu al wist dat ik er niet genoeg van zou uitrusten.

2

Het was geen verrassing dat mijn college dodelijk saai verliep. Ik had weinig en slecht geslapen, mijn hoofd was niet helder en mijn mond kauwde op het commentaar bij een gedicht van Verlaine als op een stuk kauwgom waar alle smaak af was. Het enige wat ik wilde, was me zo snel mogelijk, met zo weinig mogelijk fysieke en geestelijke inspanning door mijn lesuren heen werken en dan afnokken; ik was dan ook blij te constateren dat mijn masterstudenten niet opeens een passie voor mijn onderricht hadden opgevat. Ze waren net zo duf, lui en middelmatig als anders. Het was duidelijk dat de Franse literatuur uit de negentiende eeuw hun niets zei. Ik vraag me trouwens af of ze überhaupt iets van literatuur begrepen; die vraag riep een andere op: wat hadden ze hier te zoeken? Ik heb er nooit een antwoord op gevonden. Zij ook niet, wil ik wedden.

Ik heb me vaak afgevraagd of het huidige onderricht in buitenlandse en met name Franse literatuur op onze universiteiten wel een goed idee is. Het is al een hele klus om de studenten geïnteresseerd te krijgen in onze eigen schrijvers, die verondersteld worden het over onze werkelijkheid te hebben, over de ambities, de angsten en het diepste wezen van onze samenleving. Om ze dan warm te laten lopen voor de literatuur uit een ander land, uit vervlogen tijden, geschreven in een taal die zelfs voor de meeste Fransen vandaag de dag onleesbaar is... De doden leren herrijzen is nog eenvoudiger. Mijn studenten waren volkomen ongevoelig voor, of erger nog, stonden onverschillig tegenover zelfs de miniemste uitweiding van Balzac, het toegankelijkste gedicht van Mallarmé, de eenvoudigste novelle van Barbey d'Aurevilly of Villiers de l'Isle-Adam, om het even welke roman van Huysmans of zin van Flaubert. Waarom zou je je blijven inspannen ze iets te leren wat ze onmiddellijk weer vergaten?

Er is een tijd geweest dat ik, net afgestudeerd na een lang en hobbelig – zij het eervol afgelegd – universitair parcours, nog vol van alle dynamische colleges, en ook vol ambitie voor mijn land, waar ik was teruggekeerd om te onderwijzen en kennis over te dragen, al die vragen aan mijn collega's stelde. Ik wilde het vergelijkende literatuuronderwijs hervormen. Geen colleges schrappen, maar de inhoud ervan aanpassen aan de belevingswereld van de studenten. Ik heb me daar met passie en energie, en soms zelfs enig venijn op toegelegd. Ik wilde de boel in beweging brengen. Het was mijn bedoeling het op te nemen tegen de hoge heren van de afdeling letterkunde: oude, kale, verziende, vadsige professoren, die hun leven lang als spoken op een begraafplaats door de gangen van de faculteit hadden gedwaald, zonder enige andere ambitie dan hun positie als lector of docent te behouden. Het waren fossielen, dinosaurussen die niets meer schreven (hadden ze dat ooit gedaan?), niets meer publiceerden, geen onderzoek meer deden, niet meer nadachten over hun lesmethoden, laat staan over literatuur. Ze zagen er geen been in om steeds dezelfde colleges af te draaien, waaraan ze van jaar tot jaar hooguit een paar komma's, een paar verwijzingen veranderden, een titel hier, een aanhaling daar. Verder zagen ze erop toe dat de afdeling letterkunde één groot sterfhuis werd, waarin eenieder die meende nog een beetje bezieling te bezitten daar snel en definitief van werd ontdaan.

Toen ik er aantrad, had ik dus tal van initiatieven ondernomen: symposia, studiedagen, voorstellen voor nieuwe vakken, werkgroepen, modules, seminars. Met uitzondering van twee of drie van hen hadden mijn collega's met spottende minachting of geamuseerde weemoed toegekeken hoe ik me uitsloofde. Ze zeiden tegen me: 'Je doet me denken aan mezelf toen ik hier kwam werken. Ja, we waren allemaal net zoals jij, jong en idealistisch, maar wacht maar af, je komt er gauw genoeg achter dat het zinloos is, boy, geen mens in dit land die ook maar iets heeft met literatuur. Jij ook niet, als het erop aankomt...' Anderen, die zich niet zo uitspraken, waren ervan overtuigd dat ik me al deze inspanningen getroostte om de enige reden die een jonge academicus kan hebben om in dit land zoveel energie in het onderwijs te steken: snel de carrièreladder beklimmen en de plaats van de oudgedienden – hun plaats dus – innemen. Dat ze me niet steunden lag voor de hand, maar ze maakten me het ook nog eens zo moeilijk mogelijk. En aangezien de meesten veel invloed en een grote bek hadden, meesters waren in kuiperij en gekonkel, zich op grond van hun leeftijd alles konden veroorloven, de faculteitsvoorzitter of zelfs de rector magnificus sinds lang tot hun vrienden rekenden, bezaten ze een onbeperkte voorraad obstakels om me de weg mee te versperren...

Ik heb het drie jaar volgehouden. Toen ben ik ermee gestopt. Niet dat ik er geen zin meer in had of dat mijn hartstocht was bekoeld, maar ik walgde ervan te moeten toezien dat een heel systeem er alles aan deed om zichzelf in stand te houden, dat zoveel mensen slechts uit hun apathie ontwaakten om er meteen opnieuw in te verzinken, dat al die tekstschrijvers van een versteende kennis alleen in actie kwamen om hun erbarmelijke privileges als potentaten van een secundair rijk in stand te houden. En dus besloot ik er het zwijgen toe te doen, me te beperken tot mijn lessen, waar de studenten niet in geïnteresseerd waren en niets van begrepen. Er werd gegrinnikt als ik in de gang voorbijliep. Mijn collega's zeiden dat ik eerder de handdoek in de ring had gegooid dan zijzelf destijds. Ik reageerde er niet op. Wat had het voor zin om het hun uit te leggen? Voor hen telde er maar één ding: ik had verloren, zij hadden gewonnen. Daarin hadden ze gelijk. Ik had absoluut verloren.

Sinds die nederlaag – inmiddels vier jaar geleden – deed ik niet meer dan het strikt noodzakelijke: ik gaf zonder enig enthousiasme les, schreef een of twee artikelen per jaar (en daarmee was ik al een van de productiefste en punctueelste onderzoekers van de afdeling), kweet me van die paar administratieve verplichtingen die bij mijn ambt hoorden, en verder niets. Laat het lijk maar lekker stinken. Het kon me niet eens meer schelen dat ik was vastgelopen. Op mijn zevenendertigste had ik me neergelegd bij de banale middelmatigheid van de universiteit van mijn land.

Toch moet ik zeggen dat ik in die drie jaar dat ik mijn strijd tegen de bierkaai voerde altijd op één onwankelbare bondgenoot heb kunnen rekenen. Meneer Coly was zonder twijfel de beste docent van de letterenfaculteit. Hij onderwees er al sinds mijn geboortejaar. Zijn specialisme was de Franse symbolistische poëzie, met name het werk van Saint-Pol-Roux, wiens gedichten hij vele malen beter vond dan die van Mallarmé of Laforgue, en toen ik op de afdeling vergelijkende letterkunde kwam werken, was hij mijn mentor. In de loop van onze vele discussies hadden we een vriendschappelijke relatie opgebouwd, die werd gevoed door een gedeelde liefde voor literatuur en door de prikkelende, eindeloze gedachtewisselingen die we soms hadden over zijn lievelingsdichter. Ik mocht graag opmerken – niet alleen om te provoceren, want ik vond dat ook echt – dat Saint-Pol-Roux een tweederangsdichter was, die nauwelijks van invloed was geweest op de poëzie van de twintigste eeuw. Hij hamerde er dan steeds op dat juist het feit dat zijn poëzie geen navolging had ('wat niet hetzelfde is als invloed'), bewees dat hij een groot, want uniek dichter was.

Voor zover dat binnen zijn macht en bevoegdheden lag, en die waren niet onaanzienlijk binnen de faculteit, waar hij een van de meest gerespecteerde en gevreesde kopstukken was, steunde meneer Coly mij. Maar hij ging niet zover dat hij voor een dienst of een gunst aanklopte bij het hoofd van de afdeling, meneer Ndiaye, met wie hij voorheen een goede band had gehad, maar die zich in de modderpoel van de politiek had begeven om zich van bepaalde privileges te verzekeren. Ze waren gebrouilleerd geraakt. Meneer Coly had geen zin meer om meneer Ndiaye datgene te geven waar het hoofd al jaren op hoopte: de zekerheid dat hij bij hem in het krijt stond. En dus weigerde meneer Ndiaye stelselmatig me de middelen te verschaffen voor de activiteiten die ik probeerde te organiseren. Meneer Coly wist dat als hij erom vroeg, ik ze meteen zou krijgen. Maar zijn trots, zijn onverzettelijkheid en zijn minachting voor het op de universiteit heersende klimaat van middelmatigheid en kruiperigheid weerhielden hem daarvan. Dat begreep ik. Ondanks alles bleef hij me aansporen om mijn projecten voort te zetten zonder ook maar iets van de faculteit te verwachten. En dat had ik gedaan, tot het me de keel uit was gaan hangen. Meneer Coly betreurde dat. We bleven goede vrienden. Hij was de enige van mijn collega's met wie de omgang verder ging dan een eenvoudige begroeting.

Ik liet mijn studenten een kwartier voor het einde van het tweede uur vrij. Ik weet niet voor wie het een grotere opluchting was: voor mij of voor hen. Op mijn dooie gemak ruimde ik mijn spullen op en slofte daarna naar de universiteitskantine, in de vurige hoop dat de automaat, die een op de twee keer defect was, vandaag zou werken. Er kwam vrijwel ondrinkbare koffie uit, maar ik voelde me zo slaperig dat ik bereid was het ermee te doen, al werd het mijn dood. Ik kwam twee collega's tegen die net de kantine verlieten. We groetten elkaar met niet meer dan een knikje. Ze hadden allebei een dampend wit bekertje met een bedenkelijk zwart brouwsel in de hand. Ik had geluk vandaag.

Vreugdeloos probeerde ik van de eerste slok van mijn koffie te genieten, terwijl ik mijn afwezige blik over een mededelingenbord liet glijden waarop colloquia, studiedagen, congressen en andere intellectuele lekkernijen werden aangeboden waar maar weinig volk op afkwam, toen ik werd opgeschrikt door een stem: 'Is die automaat al gerepareerd? Niet te geloven.'

Het kwam misschien door mijn vermoeidheid, maar ik had weinig zin in een discussie met meneer Coly, hoe aangenaam ik zijn gezelschap ook vond. Ik denk dat mijn afgematte oogopslag hem niet ontging: 'U moet wat rust nemen, meneer Gueye. U ziet eruit als een uitgeputte eerstemasterstudent.'

'Ik heb dan ook net een college achter de rug.'

'Mijn medeleven. Rust uit en drink vooral dit bocht niet, waarvan ik zo meteen een paar koppen achterover ga slaan. Hoe gaat het met uw lessen? Hebt u vandaag nog geprobeerd onze dierbare studenten iets bij te brengen?' vroeg hij, terwijl hij wachtte totdat de automaat klaar was met zijn bestelling.

'Ik heb een inleidend college gegeven over de poètes maudits. Verlaine...'

'Ah...'

Er was iets vreemds aan de toon waarop meneer Coly dat zei; hij klonk bijna ongerust. Er was ook iets veranderd in zijn blik, alsof hij opging in een oude herinnering of een zorgelijke gedachte. Maar de schaduw gleed voorbij en we liepen de kantine uit. Op de gang vervolgde hij: 'U hebt die bespottelijke notitie van het ministerie over Verlaine en andere schrijvers op het lesprogramma zeker niet gezien. Of trekt u zich er niets van aan?'

'Wat voor notitie?'

'Dat dacht ik al... U weet niet waar ik het over heb. U moet maar even naar uw mails kijken. Het is een bericht van een week of twee geleden, als reactie op de gebeurtenissen... U weet wel... Wat een domheid, wat een grenzeloze stupiditeit... Nou ja, u moet gaan slapen, meneer Gueye. U ziet er verschrikkelijk uit. Kom binnenkort eens langs, als u zich weer beter voelt. Ik heb nieuws over Saint-Pol-Roux. Daar wil ik het graag met u over hebben.'

Met een glimlach drukte hij me de hand en liep haastig weg. Ik sleepte me met een duf hoofd naar mijn auto, reed naar huis en liet me naakt op mijn bed vallen.

3

Middernacht. Ik kwam niet meer in slaap. Ik had zin om Rama te bellen, van wier geur niet alleen mijn lakens, maar ook de muren van mijn slaapkamer, de miniemste luchtdeeltjes die ik inademde, en zelfs mijn hele bewustzijn waren doordrongen. Nadat ik een paar minuten lang een vage innerlijke strijd had gevoerd, belde ik haar nummer. En ja hoor, na vijf keer overgaan, net voordat ik de onpersoonlijke leegte van de voicemail in werd gekieperd, nam ze op met een ijzig 'hallo'. Met kloppend hart verbrak ik meteen de verbinding. Ik durfde de confrontatie met haar nog niet aan. Dat was ook niet nodig. Ze belde niet terug. Ik weet niet of ik me daar opgelucht of ellendig over voelde.

Ik bleef liggen, legde een hand om mijn slappe geslacht, met mijn starende blik op het plafond gericht. Ik werd overvallen door een hevige drang om te masturberen, een aanvechting die echter als een vallende ster in een flits weer verdween. Mijn grote gevoel van eenzaamheid doofde mijn onanistische vuur – terwijl dat er altijd juist door was aangewakkerd. Met masturberen zou ik alleen maar het moment uitstellen waarop ik aan mezelf toegaf: Rama zou niet komen, en de wereld had die avond zijn betekenis verloren. Het vervelende daarvan: het was niet zeker dat hij de volgende dag meer betekenis zou hebben; aan de andere kant: hij had niet minder betekenis dan de dag ervoor. Al met al ging het dus helemaal niet zo slecht.

Er klonk lawaai, eerst nog gedempt, daarna steeds luider: stemmen uit een microfoon, felle lichten, het gedreun van trommels, kortom, herrie in de nacht, waardoor ik uiteindelijk uit mijn bed en uit mijn middelmatige filosofische bespiegelingen werd verdreven. Er was maar één verklaring voor het tumult: er was iets gaande in de wijk. Des te beter. Ik had afleiding nodig. Ik ging naar buiten, waar een menselijke vloedgolf mannen, vrouwen, dieren, stof en vuil meevoerde. De hele wijk was in rep en roer, gegrepen door een zinderende feestkoorts. Ik heb altijd gehouden van collectieve gevoelsuitingen. In tegenstelling tot veel anderen kijk ik absoluut niet neer op mensen die gezamenlijk en ongeremd hun emoties de vrije loop laten. Ik houd van menigten, van mensen in menigten. Ik ben zelf een mens voor menigten. Ik houd van stakingen, ik houd van betogingen, ik houd van concerten, ik houd van begrafenisstoeten en vrolijke optochten, van *sabars**, van collectieve gebeden en politieke bijeenkomsten, van grote evenementen en uitvaarten. Een menigte geeft een nieuwe impuls aan ons mens-zijn, dat wordt gekenmerkt door eenzaamheid en saamhorigheid, en biedt de mogelijkheid tot een onderonsje met iedereen. In de menigte ben je iemand en ook zomaar iemand.

Het was een sabar ter ere van een rijke zakenman uit

* In het Wolof staat dit begrip voor zowel een soort tamtam als een traditionele dans en een traditioneel feest.

de wijk, die onlangs een hele hoop geld had geschonken aan talloze culturele verenigingen. Maar eigenlijk ging het daar helemaal niet om. In feite vond iedereen het grote flauwekul om een sabar te rechtvaardigen: er was helemaal geen reden voor nodig. Ik kan me nog die keer herinneren dat de familie van een jonggestorven vrouw de dag na haar begrafenis een sabar had georganiseerd met het argument dat ze daar zo dol op was geweest.

Er was door de uitzinnige menigte al een kring gevormd waarbinnen de dans zou plaatsvinden. Terwijl de trommelaars op gang kwamen, verscheen in het verblindend witte licht van de schijnwerpers en onder de gloedvolle, bewonderende blikken van de omstanders een gestalte. De trommelaars ontvingen haar met onstuimige roffels. Een wilde werveling van juichkreten steeg ten hemel. Langzaam bewoog ze zich voort, deze majestueuze, ranke verschijning, Christusachtig, stralend in al haar bevalligheid. Soms, met een waardigheid die zo bestudeerd was dat het bijna weer natuurlijk leek, bleef ze staan om al die mensen te aanschouwen, die schreeuwden, applaudisseerden, de verschijning hun aanhankelijkheid betoonden, haar smeekten om hun, als een gunst, een aalmoes, als een stuk vlees voor de uitgehongerde honden die ze waren, datgene toe te werpen waar ze naar hunkerden: haar goddelijke glimlach, haar ondeugende blik, met die overdreven opgemaakte ogen, door lange wimpers overschaduwd en met een fijn potlood aangezet. En met een onnavolgbare beweging die veel weg had van een wulpse dans, vervolgde ze haar weg, als een kolkend vuur. Ze droeg een lange zwarte jurk met pailletten, nauwsluitend, mouwloos, bloot rond de schouders, die werden gestreeld door de kwastjes van indrukwekkende oorbellen. Haar heupen waren losjes omgeven door *jal-jali*[*], die ze met soepele bewegingen van haar bekken op en neer liet deinen, wat woeste kreten aan de toeschouwers ontlokte. Het podium was van haar, de menigte lag aan haar blote voeten met felrood gelakte nagels die ik zelfs van een afstand kon onderscheiden. Nadat ze drie, vier rondjes had gemaakt, knoopte de gestalte haar hoofddoek los, die ze boven de parelgordel om haar middel bevestigde, en bevrijdde een lange haardos die als een zwarte waterval langs haar rug naar beneden golfde. Samba Awa Niang was beeldschoon.

Hij leek wel een vedette, een diva, een heidense godin. Hij pakte de microfoon en begon na een geroutineerde *ragaju*[**] aan een pikante, onbetamelijke *taasu*[***]. Meer was er niet voor nodig om de menigte verder op te hitsen. Lichamen raakten in vuur en vlam; enkele respectabele vrouwen uit de wijk, die tot dan toe de kuise gereserveerdheid aan de dag hadden gelegd die je van elke eerzame dame in het openbaar mag verwachten, stonden op en begonnen hun foulards of hoofddoeken om hun heupen te knopen, als voorbode van broeierige taferelen. Samba Awa Niang bleef hun instincten prikkelen; hij tergde ze, provoceerde ze, nodigde ze uit in het midden van de kring, voor een duivelsbal. De eerste vrouwen kwamen naar voren, onmiddellijk gevolgd

---

* Heupkettingen met grote parels, bedoeld om te verleiden.

** Een vrij typische, overdreven rollende beweging met de ogen, bedoeld om uit te dagen, te provoceren, te dreigen, zelfverzekerdheid of vastberadenheid uit te drukken, of dat alles tegelijk. Vaak is het iets wat vrouwen doen.

*** Een soort populair Senegalees gedicht of verhaal dat satirisch, verheerlijkend, onbetamelijk, ludiek dan wel moraliserend kan zijn.

door andere die zich niet de loef wilden laten afsteken. Algauw was het één groot schouwspel van schuddende billen onder dunne lendendoeken, waarbij zelfs de zedigste danseressen hun verrukkelijke dijen blootgaven, die op wonderbaarlijke wijze fermheid en molligheid, spieren en cellulitis, het zachte van bevallige vetrollen en het stevige van een trotse kont combineerden. De vrouwen omringden Samba Awa, omsloten hem met een dionysische bezetenheid. Zonder ook maar een van de prominente lichaamsdelen aan te raken die hem bij wijze van offergave werden aangeboden, ging hij op zijn beurt verder met het reciteren van steeds suggestievere taasu. Heupwiegend kromden de vrouwen hun rug; de parels om hun lendenen tinkelden, speelden een bedwelmende, sensuele symfonie. Sommige danseressen wedijverden met elkaar in behendigheid, andere in die absolute, geaccepteerde obsceniteit die zo'n belangrijk deel uitmaakt van de Senegalese erotiek. Eerst nog schuchter, maar daarna steeds vrijmoediger kwamen de *beco** tevoorschijn, rood, zwart, donker, in alle schakeringen van de wellust, vol enorme, diepe gaten, peilloze afgronden, waarin de mannen die nacht, omgeven door kringelende wierookwolken, verlokt door intieme strelingen en verzengende fluisteringen, wegdoken en verdoolden in een odyssee die Homerus niet had kunnen bezingen en Kubrick niet had kunnen verfilmen.

De vrouwen die zich het meest lieten meeslepen door de razernij van de sabar, de waanzin van dat satanische instrument waarvan het geroffel, naar men zei, de stem van God zelf, al zou Hij voor je staan, kon overstem-

---

* Korte lendendoek met – soms behoorlijk grote – gaten. In Senegal een essentieel onderdeel van de vrouwelijke lingerie.

men, die vrouwen dus vonden nu zelfs hun beco nog te zedig; in een opgewonden beweging trokken ze de stof omhoog. En daarop was een kort moment hun geslachtsdeel zichtbaar, groot en zwart met een rood hart, heimelijk en waardig in zijn ontoegankelijkheid, vlezig als een tropische vrucht, met een duister glanzende toef getooid... Wijdopen stonden ze, die gewelfde genitaliën, wijdopen als een verbaasde mond; en de vrouwen, in die seconde dat ze zich blootgaven, overdreven er de wijdte en de diepte van, alsof ze er hun ziel mee wilden tonen. Een hartslag duurde dit, waarop de gordijnen van dijen, beco's en doeken zich weer sloten en deze bloemen van de wereld opnieuw werden verheimelijkt.

Het ritme sloeg op hol, de trommelaars raakten door het dolle, als bezetenen die een glimp van de weg naar de zaligheid hadden opgevangen; en sommigen van hen hielden het niet meer uit en verlieten hun post om zich bij de vrouwen in de zanderige cirkel te voegen. Er vormden zich paren die zich overgaven aan sensuele schermutselingen. Soms hadden twee lijven zich al dansend zo dicht, zo stevig tegen elkaar aan gedrukt dat het achter de transparante stofsluiers die ze opwierpen leek alsof ze slechts één gekweld wezen waren, of twee boa's die elkaar in een dodelijke broederstrijd verstikten.

Samba Awa maakte zich los uit zijn gevangenis van vlees en trippelde vederlicht de kring binnen. Hij had zijn pruik verloren en sprak het publiek toe, zweepte het op tot applaus, zette het aan tot spreekkoren. Hij kreeg bundels bankbiljetten aangereikt, die hij nonchalant in een tasje met pailletten propte dat hij over zijn schouder droeg, en toeschouwsters vlogen hem, in de ban van zijn magie, met ware liefdeskreten om de hals; ze bejubelden hem, verafgoodden hem, begeerden hem – neem me mee, Samba Awa, en toon me geen genade! Naast me leverden twee mannen commentaar: 'Samba Awa, *góor-jigéen bi, jigéen yëp a bardé si moom!* Die homo heeft waanzinnig veel succes bij de vrouwen!'

'*Moy cafka sabar u rew mi! Da fa ay, dom'ram ji!* Hij is de man die alle sabars van het land pit weet te geven! Wat een talent, die smeerlap!'

Samba Awa liep naar het midden van de kring, waar de verhitte lichamen nog kronkelden. Hij droeg een stoel, die hij naast de groep dansers zette. Daarna verzocht hij, als ceremoniemeester, de trommelaars om terug te keren naar hun instrumenten en gebaarde naar de nu weer complete groep dat ze het ritme moesten vertragen. De menigte, die had geraden wat er komen ging, juichte en scandeerde al het leitmotiv dat Samba Awa Niang straks zou inzetten op een nu langzaam ritme, majestueus en monumentaal. De tamboer-majoor, de beroemde Magaye Mbaye Gewël, putte zich uit in nadrukkelijke, nerveuze gebaren om zijn troepen aan te voeren, terwijl hij blikken van verstandhouding wisselde met Samba Awa, die het spektakel zo meteen zou starten. In het midden van de cirkel resteerden enkele danseressen, de meest geroutineerde (ik telde ze: het waren er nog maar vijf), die op een rij voor de stoel wat eenvoudige danspasjes maakten, klaar om zich in de eindstrijd te werpen. De menigte was buiten zinnen. Stralend liet Samba Awa de oververhitte stemming nog even voortduren. Algauw bereikte deze reikhalzende verwachting haar absolute hoogtepunt in een sfeer van verpletterende spanning. Zelfs Magaye Mbaye Gewël leek het steeds meer moeite te kosten om het vuur dat in zijn handpalmen brandde niet te laten ontvlammen op het strakgespannen vel van zijn tamtam. De mensen naast me konden hun ongeduld niet meer de baas: '*Ayça waï Samba Awa, doy na!* Kom op, Samba Awa, nou is het genoeg!' riep iemand.

Samba Awa's stem, verrassend ijl, klonk door de microfoon: '*Jëlël siis bi!* Pak de stoel!'

De menigte herhaalde dit, en de trommelaars ontketenden een drumsalvo. Daarop liep de eerste danseres in de rij naar de stoel, en gaf steunend op de armleuningen haar mollige billen prijs aan de hemel en aan de goedkeurende blikken van de toeschouwers. Samba Awa kwam naast haar staan, waarop hij, begeleid door de trommelaars, een obscene litanie ten beste gaf. De vrouw, nog altijd in dezelfde houding, begon een ongelofelijke *lëmbël**, waarbij haar achterwerk zo snel schudde dat de trommelaars moeite hadden haar tempo bij te houden. Samba Awa ging verder met zijn litanie en toen die ten einde was, vroeg hij de luid toegejuichte kandidate bij hem te komen staan en riep hij een tweede maal '*Jëlël siis bi!*'.

De volgende kandidate nam haar positie in om, leunend op de stoel, haar dans uit te voeren. Zo volgden de danseressen elkaar op, allemaal met hun handen om de stoel geklemd – de ene om de rugleuning, een andere om de zitting, weer een andere om een poot, terwijl de laatste de stoel omverwierp en twee poten vastgreep – en allemaal boden ze een vergelijkbaar schouwspel van woeste heupbewegingen, elk geleid door haar eigen inspiratie. Aan het eind vroeg Samba Awa, als vakkundig regisseur, aan de menigte wie van deze dames de stoelendans gewonnen had. In mijn oren klonken de donderende ovaties allemaal even luid, maar ten slotte, na een aantal

---

* Traditionele Senegalese dans, die wordt gekenmerkt door zijn sensualiteit.

niet geheel onomstreden stemmingsronden, bekroonde Samba Awa de kandidate die de stoel omvergeworpen had. De man naast me leek het ermee eens te zijn. Ikzelf had de overwinning eerder gegund aan de vrouw die de stoel vanachter, aan de rugleuning had beetgepakt...

Samba Awa leidde het feest tot diep in de nacht. Het was bijna drie uur toen de menigte met tegenzin uiteenging.

4

Ik werd gewekt door de beltoon van mijn telefoon. Woedend nam ik op, zonder zelfs maar een blik op het scherm te werpen. Ik stond op het punt om de onverlaat die me zo vroeg lastigviel – het was één uur 's middags – de huid vol te schelden.

'Salam aleikum, Ndéné... Het besluit is gevallen: ik zal vrijdag in de moskee voorgaan in gebed.'

Die vrome stem, die verheven toon, even irritant als lovenswaardig... Mijn eerwaarde vader.

Een godvruchtig man, mijn vader. Rechtschapen en rechtlijnige ziel, voorbeeldige gelovige, strenge moslim. De vleesgeworden orthodoxie. Hij was overigens al benaderd voor de post van wijkimam, als opvolger van de legendarische El Hadj Abou Moustapha Ibn Khaliloulah 'Al Qayyum', die oud begon te worden en, zo werd gefluisterd, niet lang meer te leven had: een ziekte had hem in haar greep. In zijn schrijnende bescheidenheid, maar ook uit vriendschap en trouw jegens El Hadj Abou Moustapha Ibn Khaliloulah, wilde mijn vader uiteraard niets van die geruchten weten, die hij met een handgebaar wegwuifde.

Toch kon hij niet weigeren om voor te gaan in het

vrijdaggebed, want 'Al Qayyum' was enkele dagen daarvoor opgenomen. Vanuit zijn ziekenhuisbed had hij met een zwakke stem duidelijke instructies gegeven: sjeik Majmout Gueye, mijn eerbiedwaardige vader, moest zijn plaats innemen. Deze benoeming was in de ogen van velen het definitieve en onweerlegbare bewijs van de voorkeur van de oude imam voor mijn vader, die het regentschap over de wijkmoskee op zich zou nemen. Door hem te verkiezen, door op deze manier vóór zijn dood zijn testament te onthullen, hoopte 'Al Qayyum' naar men zei eventuele twisten rond zijn opvolging te voorkomen. En daar voegde men nog aan toe dat hij daar goed aan deed. Want als gegadigde voor de opvolging van de oude imam was naast mijn vader, of eigenlijk tegenover hem, de ontzagwekkende Mohammadou Abdallah opgedoemd. Het scherpe profiel van een hongerige gier. Onbuigzamer, strenger, rechtzinniger in de leer dan mijn vader. Hij was een serieuze en vastberaden kandidaat, die werd gesteund door een groot deel van de hoogwaardigheidsbekleders uit de wijk. Daarbij stak Mohammadou Abdallah zijn ambities niet onder stoelen of banken, in tegenstelling tot mijn vader, die domweg geen ambities had. En vanaf het moment dat El Hadj Abou Moustapha Ibn Khaliloulah de eerste tekenen van zwakheid vertoonde, had Mohammadou Abdallah zich bij de invloedrijkste hoogwaardigheidsbekleders flink in de kijker gespeeld. Hij wierp zich op als de man die nodig was om het morele verval van de samenleving te bestrijden, degene die met ijzeren vuist onze op drift geraakte zeden weer in goede banen zou leiden. Mijn vader had niets willen zien van het gekonkel van zijn rivaal. Hij beschouwde hem zelfs als een vriend. Toch hadden de notabelen die op zijn hand waren het nodig gevonden hem te waarschuwen. Maar mijn vader had daar niets anders op willen zeggen dan dat al die *mbiru adina*, die aardse zaken en snode plannen, hem koud lieten; en hij had geen enkele poging ondernomen om de groeiende invloed en populariteit van zijn geduchte tegenstander in te perken. Mijn eerbiedwaardige vader geloofde nog in fair play en in vriendschap vóór macht. Hij was een idioot, een rechtschapen en rechtvaardige idioot, maar wel een idioot.

Paradoxaal genoeg nam zijn populariteit door deze grootmoedige houding alleen maar toe. 'Al Qayyum', die altijd overal bovenop zat (hij was niet voor niets tweeënveertig jaar imam geweest, en zijn bijnaam 'Al Qayyum', 'de bestendige', had hij ook niet toevallig gekregen), 'Al Qayyum' dus, leek steeds meer overtuigd van mijn vader. En dat terwijl de fundamentalistische mentaliteit en onwrikbare houding van Mohammadou Abdallah hem niet onverschillig lieten. El Hadj Abou Moustapha had lange tijd een majesteitelijke neutraliteit bewaard, zoals het een groot en oud leider betaamt die zich in zijn levensavond boven de strijd stelt van degenen die naar zijn positie dingen. Maar sinds drie maanden liet hij steeds sterker doorschemeren dat hij een voorkeur voor mijn vader had. Hij liet zich met hem zien in de wijk, fluisterde hem geheimzinnige dingen toe, en soms glimlachten ze veelbetekenend naar elkaar. 'Al Qayyum' nodigde hem uit bij hem thuis, stelde hem ten voorbeeld in zijn preken, ontbood hem na het vrijdaggebed vaak om hem onder vier ogen te onderhouden over maatschappelijke vraagstukken waar het geloof een oplossing voor moest aandragen. Mijn vader beschouwde die kleine attenties als grote vriendschapsbewijzen, zonder er de aanzet tot een troonsbestijging in te zien. Mohammadou Abdallah zag dit alles woedend aan. En hoewel hij in het openbaar mijn vader overdreven hoffelijk en voorkomend bleef bejegenen, wist iedereen dat hij eigenlijk een gruwelijke hekel aan hem had. In besloten kring maakte hij hem uit voor 'slappe moslim'.

Toen El Hadj Abou Moustapha Ibn Khaliloulah 'Al Qayyum' op maandag in het ziekenhuis was opgenomen, wist de hele wijk dat hij waarschijnlijk niet in staat zou zijn om voor te gaan in het vrijdaggebed. De avond daarvoor was een kleine delegatie, bestaande uit de woordvoerder van de moskee, een trouwe toeverlaat van Mohammadou Abdallah en een goede vriend van mijn vader, bij de oude imam langsgegaan. En die had dus mijn vader aangewezen. Dat was de reden dat deze me belde.

'Ik hoop dat je komt, Ndéné. Ik zie je niet vaak meer in de moskee en dat betreur ik. Ik schaam me er bijna voor. Neem eens de moeite.'

Met tegenzin beloofde ik te komen. Mijn vader hing op. Ik kwam mijn bed uit. Mijn slaap was verdwenen. Douche, radio, koffie, toiletbezoek, sigaret – in die onveranderlijke volgorde. Daarna begon ik aan het beantwoorden van de tientallen mails die het universiteitsbestuur, collega's, talenpractica en studenten me de afgelopen dagen hadden gestuurd. En zoals elke keer dat ik me van deze taak probeerde te kwijten, herinnerde ik me de reden waarom ik ervoor was weggelopen en hem in een vlaag van paniek voor onbepaalde tijd had uitgesteld: het was onbegonnen werk en dodelijk vermoeiend. Ik was niet in staat om er orde in aan te brengen, om op alle verzoeken in te gaan, om aanwijzingen te geven aan deze of gene leerling, die daar geen reet mee zou doen en me alleen maar schreef uit opportunisme, om goede sier te maken en een wit voetje bij me te halen. Ondanks de koffie en mijn wankele wilskracht wilde het aantal mails niet slinken. Na twee uur, waarin ik hooguit drie of vier dringende zaken had afgehandeld, gaf ik de vergeefse strijd op. De rest moest maar wachten, of sterven op die grote digitale begraafplaats die mijn inbox was geworden.

Ik stond op het punt om in de stad te gaan eten, toen me mijn laatste gesprek met meneer Coly te binnen schoot. Ik had niets begrepen van wat hij me had verteld, maar wel onthouden dat er iets was met een mail van het ministerie over Verlaine. Dit was zo bevreemdend dat ik toch even wilde kijken waar het precies om ging. Uiteraard had ik geen idee wanneer die mail precies was verstuurd. Ik wist niet meer of meneer Coly me dat had verteld. Een halfuur lang werkte ik me geduldig door mijn mailpagina's heen en opende alle berichten, zelfs de mails die gedoemd waren om nooit te worden geopend. Op pagina 4 verscheen dan eindelijk de betreffende notitie. Samengevat kwam het erop neer dat in het licht van de 'heropleving' (onmiskenbaar het ministerie!) in de afgelopen maanden van gewelddadige gebeurtenissen waarbij homoseksuelen betrokken waren, en op verzoek van verschillende religieuze organisaties die een geleidelijke zedenverwildering in ons land – dat bezig was een toevluchtsoord voor góor-jigéens te worden – aan de kaak hadden gesteld, een dringende oproep werd gedaan aan alle literatuurdocenten, met het oog op hun veiligheid en de bescherming van onze cultuur, om 'de studie van schrijvers van wie bekend was of zelfs maar werd vermoed dat ze homoseksueel waren' te vermijden (er volgde een lange lijst van schrijvers die min of meer homo waren, onder wie Verlaine) – en wel totdat de maatschappelijke rust was weergekeerd.

5

Dat ik de kracht vond om naar de moskee te gaan, kwam niet door een plotseling hervonden vroomheid, maar door een sterke opleving van liefde voor mijn vader. Bidden deed ik al heel lang niet meer. Maar voor mijn vader was ik bereid een beetje toneel te spelen. Ik ben geen praktiserend moslim, ook al geloof ik nog in God, mocht Hij bestaan. In het openbaar verwoord ik dat uiteraard niet zo. Daarin sta ik niet alleen. Velen van ons in dit land zijn fantastische acteurs op het religieuze toneel, allemaal vermomde, gemaskerde, geschminkte, heimelijke komediespelers, verbeeldingskunstenaars, en we zetten onze rol zo goed neer dat we niet alleen anderen in de luren leggen, maar ook onszelf overtuigen van de illusie die we creëren. Ja, de goede moslims met hun fanatieke blik, hun hart dat van zuiverheid bezwijkt, hun voorhoofd getooid met de lauwerkrans van de door God verkorene, dat zijn wij, de soldaten van het Goede, het in zichzelf besloten volk, vol van zichzelf en trots op zijn in zichzelf besloten wezen, de areopagus van rechtvaardigen, ondergedompeld in onbevlekte goedheid; we staan klaar, altijd klaar om onze barmhartige woorden, onze vlammende aansporingen, onze bevlogen bekeringskreten te brullen, om op verzoek alle Koranverzen af te ratelen die we uit het hoofd hebben geleerd zonder ze te begrijpen, altijd paraat om de ander te betrappen en te beoordelen op het geringste teken van goddeloosheid, terwijl we kuis onze ogen afwenden van de vrouwen die we het liefst zouden neuken (en sommigen van ons verwezenlijken die wens); ja, dat zijn wij, overdag rechtschapen heiligen, maar zodra de nacht valt gulzige tietenlikkers, bedreven beffers, kontsnuivers, kutsapslurpers, grote-tenenfetisjisten. Komediespelers. Goochelaars. Praatjesmakers. Illusionisten. Al zijn we in dit land niet met zovelen, we zijn begaafd genoeg om een groots spektakel op te voeren. Dus acteren maar!

Ik speelde mijn rol met trefzeker talent, lette op mijn houding, mijn blik, de fiere pose van mijn hoofd, zorgde ervoor dat mijn voor de gelegenheid uit de kast getrokken *boubou*, geparfumeerd, gestreken en met Arabische gom verrijkt, op vrome wijze ruiste. Men geloofde me. Ik moest bijna janken van dat talent van mij. Sommigen dachten dat ik ontroerd was door de Korangezangen die via grote luidsprekers door de moskee schalden... Naïevelingen...

Vanaf de plek waar ik had plaatsgenomen ontwaarde ik op de eerste rij Mohammadou Abdallah, die met een nors gezicht en een stuurse blik voor zich uit keek. Mijn vader liet op zich wachten. Eindelijk kwam hij dan uit zijn bidnis, begroette de aanwezigen en liet zich langzaam op de preekstoel zakken. Hij was knap in zijn grote boubou. Ik merkte dat hij zich ongemakkelijk voelde, daar op die plek, maar zich ook bewust was van de verantwoordelijkheid die hem te beurt viel. Hij begon met de preek. Opnieuw wierp ik een blik in de richting van

Mohammadou Abdallah. Ik bedacht dat ik nog nooit iemand zijn verbittering zo goed achter een glimlach had zien verbergen.

'Waarde broeders, ik wil het niet te lang maken, temeer omdat ik het niet gewoon ben op deze plek te staan. Laat ons samen bidden opdat onze vriend en leermeester El Hadj Abou Moustapha Ibn Khaliloulah "Al Qayyum" dankzij de genade Gods spoedig weer in goede gezondheid moge verkeren en ons weer vanaf deze plek moge leiden. Ik wil eenieder hier aanwezig verzoeken vandaag voor hem te bidden om een spoedig herstel.

En dan zou ik nu graag mijn thema van vandaag aansnijden, dat verband houdt met de actualiteit in ons land. Velen onder u zullen misschien het filmpje hebben gezien dat sinds een paar dagen rondgaat...'

Mijn vader wijdde zijn preek aan het filmpje met de opgegraven man; anders gezegd: hij hield een preek over homoseksualiteit. Zijn niet mis te verstane woorden vormden een onverbiddelijke veroordeling van deze weerzinwekkende verdorvenheid die met de toorn Gods bestraft zou worden. Hij keurde het goed dat de man was opgegraven, herinnerde aan het feit dat de religieuze begraafplaats gewijde grond was en stelde dat homoseksuelen in de gevangenis thuishoorden, aangezien de góor-jigéens niet alleen zondaars maar ook misdadigers waren, die alleen al door hun aanwezigheid een bedreiging vormden voor de eenheid en het morele welzijn van de samenleving. Het waren wezens waarvan het bestaan op zichzelf al een misdaad tegen de mensheid was.

Terwijl hij sprak en elk van zijn aanklachten tegen homo's door heftig knikkende hoofden werd goedgekeurd, dacht ik terug aan het filmpje, aan het naakte geslachtsdeel, aan de spierwitte lijkwade. En opeens kwamen er vragen bij me op, ontzettend voor de hand liggende vragen: Wie was die man? Hoe zag zijn leven eruit? Hoe is ontdekt dat hij góor-jigéen was? Wie had hem daarvan beschuldigd? Was er een bewijs geweest van zijn afwijkende seksuele voorkeur? Waar was zijn familie? Wat is er met zijn lijk gebeurd? Ik stelde me zijn familieleden voor, ergens in de menigte terwijl hij werd opgegraven, te bang om te reageren, tenzij ze – want dat was natuurlijk ook mogelijk – hadden deelgenomen aan die postume lynchpartij. Het zou me niet hebben verbaasd. Als werd ontdekt dat iemand homo was, als iemand terecht of ten onrechte als zodanig werd beschouwd, werden de familieleden geacht zich van alle blaam te zuiveren: ze moesten duidelijk maken dat ze dat kwaad verafschuwden door elke band met de beschuldigde te verbreken of door zelf nog gewelddadiger tegen hem op te treden. Het was voor de familie, over wie deze schande zo'n schaduw had geworpen, de enige manier om haar reputatie te redden. Het was het enige wat erop zat om dat ene, vreselijke vermoeden te ontzenuwen dat gelijkstond aan een maatschappelijke dood: dat ze een kweekvijver van flikkers was, dat ze het overdraagbare gen van het homogevaar in zich droeg. Het afgrijselijke eerverlies dat de góor-jigéen ten deel viel, hing als een voortdurende dreiging boven al zijn naasten. Om zich te behoeden voor het gevaar van sociale uitsluiting haastten zij zich vaak, als het niet meer mogelijk was de schande te verdoezelen, om de persoon in kwestie te verstoten en daarna publiekelijk te verfoeien. Homo: dat was echt de enige vuile was die een familie graag en met de nodige opluchting buiten hing, met de hulp van al die anderen die kwamen schrobben, schrobben, schrobben tot hun handen bloedden, om de schandvlek waarmee hun eer was bezoedeld uit te wissen en datgene veilig te stellen wat het allerbelangrijkst voor hen was: het beeld dat men van hen had in het nietige schimmenballet van onze onbeduidende levens. Niemand kan tegen schande.

De twee kerels die het graf hadden geopend om de man op te graven waren misschien zijn broers. Het fanatisme waarmee ze aan het graven waren geslagen, was ook dat van mensen die streden tegen de allergrootste schande: de angst om niet meer tot de mensheid te behoren, de uiterst menselijke angst om niet meer te worden geaccepteerd als mens tussen de mensen. Ik begrijp ze, ik begrijp ze maar al te goed! Iedereen zou dat moeten begrijpen. We zijn soms hardvochtig tegenover de mensheid, tegenover haar dwaasheden, haar tekortkomingen en haar lelijkheid, maar ze is alles wat we hebben. Ze is onze enige echte familie, de enige plek waar we voor onze eenzaamheid kunnen schuilen. Ja, in wezen zijn we eenzaam, en zonder de gemeenschap van eenzame zielen die door de mensheid wordt gevormd en die ze ons te bieden heeft, zou geen van ons, alleen met onszelf, het ook maar één ronde in de ring volhouden. We slagen erin door te blijven leven doordat we weten dat iedereen, rijken, armen, Joden, Miss Universe, Nobelprijswinnaars en zelfs Amerikanen even eenzaam zijn als wij. Ik geef toe dat het een treurige, egoïstische, bedroevende gedachte is. Een hartverscheurend idee, waarin geen enkele plaats is ingeruimd voor de liefde. Maar ik put er ook een beschamend soort troost uit.

Mijn vader was aan het eind van zijn preek gekomen en spoorde ons nu aan ons best te doen om de goede zeden strenger te bewaken – de enige manier om tegen de homoseksuelen te strijden, die met hun wandaden al veel te veel schandalen in het land hadden veroorzaakt. Hij besloot met een laatste verwijzing naar de opgegraven man: 'Het enige wat we voor dit schepsel Gods kunnen doen is bidden dat God zijn ziel genadig zal zijn.'

6

De laatste zin van zijn preek was mijn vader op enige kritiek komen te staan. Dat vertelde hij me althans na het eten waarvoor hij me diezelfde avond bij hem thuis had uitgenodigd.

'Na het gebed kwam Mohammadou Abdallah...'

'Je rivaal?' onderbrak ik hem.

'Hij is niet mijn rivaal... Tenminste, zo mag je hem niet noemen... Maar goed, hij dus... Hij kwam met een paar hoogwaardigheidsbekleders uit de wijk naar me toe. Ze zeiden dat het einde mijn hele preek had bedorven. Dat die verder zo goed was geweest. Mohammadou Abdallah had het zelfs over ondermijning. Hij was heel kwaad.'

'Waarom?'

'Omdat ik aan het eind had gezegd dat we moesten bidden voor... voor die man. Volgens Mohammadou Abdallah was dat een onverantwoordelijke en zeer beladen uitspraak.'

'Waarom?'

'Waarom? Toe nou, Ndéné, dat is toch duidelijk: je gaat niet aan moslims vragen om voor een homoseksueel te bidden!'

We zwegen een poos, waarna mijn vader opnieuw het

woord nam, minder geagiteerd nu: 'Hij heeft gelijk. Ik had dat niet moeten zeggen... Straks denken ze dat ik medelijden met hem heb.'

'Is dat dan niet zo?'

'Je kunt het je niet veroorloven om medelijden te hebben met de góor-jigéens. Het enige waarvoor je moet bidden is dat ze zo ver mogelijk bij ons en onze families uit de buurt blijven.'

Op dat moment kwam Adja Mbène binnen. Ze was de tweede vrouw van mijn vader, de mede-echtgenote van mijn overleden moeder. Hoe ongelofelijk het ook mag klinken, mijn moeder en zij hadden altijd veel van elkaar gehouden, als zusters bijna. Ik zeg ongelofelijk omdat ik me nooit een gelukkig polygaam huwelijk heb kunnen voorstellen; het kan hooguit harmonieus zijn. Wat vaak volstaat. Hoewel mijn moeder en Adja Mbène me het tegendeel hebben bewezen, heb ik nooit geloofd, en ik geloof het nog steeds niet, dat twee vrouwen die dezelfde man delen werkelijk waardering, laat staan liefde voor elkaar kunnen voelen. Wat mij betreft waren mijn moeder en mijn stiefmoeder de uitzondering die de regel bevestigde.

Na de dood van mijn moeder, van wie ik het enige kind was, had Adja Mbène, die mijn vader twee kinderen had geschonken (ze studeerden in het buitenland), mij heel vanzelfsprekend als haar derde kind behandeld, op grond van haar vriendschap met mijn moeder, wier dood haar zeer had aangegrepen. Soms had ik zelfs de indruk dat ze mij een liefde betoonde die ze haar eigen kinderen onthield, wat te maken had met die vreemde verstandhouding tussen mensen die een uniek iemand hebben verloren en proberen door middel van de extra liefde die ze elkaar geven de genegenheid die ze voor de afwezige voelden op de ander over te dragen. Ik hield van Adja Mbène. Ik hield van haar, niet als van een tweede moeder, want dat kan niet, maar als van een vrouw van wie mijn moeder oprecht gehouden had.

'Jullie hadden het over de homoseksuelen,' zei ze terwijl ze ging zitten. 'Dat hoorde ik... Je vader heeft me verteld wat er in de moskee is gebeurd. En ik had hem nog zo gezegd dat hij dat onderwerp niet moest aansnijden in zijn preek. Over homoseksuelen praten, daar komt altijd ellende van...'

'Jij bent anders wel degene die me dat filmpje heeft gestuurd,' merkte mijn vader op.

'Ja, dat is zo,' gaf Adja Mbène toe, en ze keek me een beetje beschaamd aan. 'Je halfzus had het mij gestuurd. Het heeft zelfs Canada bereikt! Ik heb het je vader laten zien. *Ndeïsaan*... Die arme man... De rillingen liepen me over het lijf toen ik zijn lichaam uit dat graf tevoorschijn zag komen... *La Illah*... Een lijk... Hij had vast de engels des doods al gezien, en dan sleuren ze hem uit zijn laatste rustplaats. Ik heb er die nacht niet van kunnen slapen, vraag maar aan je vader...'

'Hij beweert dat je geen medelijden met die man mag hebben.'

'O ja? Heb je dat gezegd, Majmout?' Ze had zich omgedraaid naar mijn vader. 'Dat verbaast me. Als je geen medelijden met hem mag hebben, wat blijft er dan nog over? Wat rest er nog, behalve medelijden? Dat soort mensen...' Nu keek ze mij weer aan. 'Ik heb het er met je vader over gehad... Volgens mij zijn ze ziek. Ze moeten behandeld worden... Ik heb een vriendin die een zus heeft van wie de zoon zo is, maar ze is met hem naar een gerenommeerde genezer gegaan, en daarna werd hij weer normaal. Hij is met een vrouw getrouwd en heeft kinderen. Hij schijnt zelfs binnenkort een *ñareel** te nemen. Hij is helemaal van het slechte pad af en zijn demonen laten hem nu met rust. Daarom zeg ik dat ze ziek zijn... Die arme stakkers, ze hebben er niet voor gekozen... Niet allemaal in elk geval. Er zijn erbij die dingen doen...'

'Wat voor dingen?'

'Dat weet je wel, Ndéné, je weet best wat voor dingen. Er zijn erbij die dat voor hun plezier doen, om te provoceren, of omdat ze dat echt fijn vinden, *subhanallah*. Ze doen dat om de witten te imiteren. Ze weten niet dat wat bij die witten gepast is, in hun land, hier in ons land soms niet gepast is. We hebben onze eigen tradities, onze cultuur... Je moet nooit anderen imiteren. Ik denk echt dat het bij de meesten van hen een ziekte is... Je moet ze naar het ziekenhuis sturen, of naar een maraboet...'

'Ze zijn niet ziek,' viel mijn vader haar in de rede. Hij sprak langzaam en streng. 'Hoe zou God ze met een ziekte hebben kunnen treffen die een zonde is? Zou Hij ervoor gezorgd kunnen hebben dat ze zich schuldig maken aan een vergrijp waar ze niet verantwoordelijk voor zijn? Een vergrijp van goddelijke oorsprong, *astaghfirullah*, dat is ondenkbaar. Het is allemaal een bewuste keuze. Die mannen zijn niet ziek. Als je zegt dat ze ziek zijn, Mbène, zeg je eigenlijk dat homoseksualiteit van God komt...'

'*Astaghfirullah*, leg me geen godslastering in de mond! Dat heb ik nooit gezegd, Majmout!'

'Nou dan! Je moet de verantwoordelijkheid, de keuze bij hen neerleggen. Zoals ik het zie, zijn het mensen die de weg zijn kwijtgeraakt, die hun geloof, hun cultuur

---

* Tweede echtgenote.

hebben verloren. Ze imiteren slechte dingen die hier niet thuishoren. Echt, die horen hier niet thuis. Het is gewoon een van de vele zonden die de witten hierheen hebben gebracht.'

'Dat is zo,' zei Adja Mbène. 'Dat zei ik ook.'

Er viel een nieuwe stilte, waarin mijn gedachten over alles wat zojuist te berde was gebracht zich kristalliseerden tot een vraag die ik liever niet ongepolijst aan mijn vader en Adja Mbène wilde voorleggen. Want ik wist heel goed dat mijn vader en Adja Mbène zich bij die vraag opgelaten zouden voelen. Ze zouden erdoor gedwongen worden die banale gemeenplaatsen te laten voor wat ze waren en zich helemaal over te geven aan echte, ongemakkelijke, pijnlijke, precieze overpeinzingen. Ze zouden zich genoodzaakt zien de algemene opinie te verruilen voor een persoonlijke betrokkenheid die hun gemoedsrust zou verstoren. Ik nam het hun niet kwalijk: ze waren zeker niet de enigen in deze maatschappij die ervan overtuigd waren dat ze nadachten, terwijl ze alleen maar vage meningen verkondigden die hun verstand ongemoeid lieten. De meeste mensen scheidden meningen uit waar ze part noch deel aan hadden, waar ze zich niet bij betrokken voelden en waardoor ze nergens bij betrokken hoefden te raken. Ze spraken zonder dat het gevolgen voor ze had. Daardoor konden ze ook ongestraft en zonder er erg in te hebben de grootst mogelijke onzin verkopen. Een koud kunstje. De grootste imbeciel is nog in staat een oppervlakkige uitspraak te doen over een onderwerp waar hij niets van weet. Maar er moet over de dingen gepráát worden, over de inhoud van dingen, bedoel ik, over die onbekende, gevaarlijke inhoud, dat mijnenveld waarin je je geen misstap, geen dwaasheid kunt permitteren...

'Als jullie een kind hadden gekregen dat góor-jigéen was, wat zouden jullie dan hebben gedaan?'

Nou had ik de vraag toch niet voor me kunnen houden. Hij was uitgebroken, uit mijn hoofd en tussen mijn lippen door ontsnapt. Adja Mbène sloeg met een bange blik haar ogen naar me op, om ze meteen weer neer te slaan. Ik voelde dat ze niets wilde zeggen voordat haar man had geantwoord. Het was aan hem om zich over zo'n gevaarlijke kwestie uit te laten. Mijn vader had zich niet verroerd in zijn grote leunstoel, maar ik had gemerkt dat er een diepe huivering door hem heen ging, een huivering die werd verraden door een dikke T-vormige ader die plotseling bij zijn slaap was verschenen. De stilte duurde een eeuwigheid. In zijn ogen vlamde een woede die ik lang niet meer had gezien. Zijn stem daalde neer met de metalige klank van een donderslag.

'Je vraag is ronduit een belediging. Ik heb geen kind dat góor-jigéen is. En als ik er wel een had...'

Hij zweeg, alsof hij niet wist wat hij daarna moest zeggen. Een paar seconden lang. Uiteindelijk ging hij verder: 'Als ik er een had gehad, zou dat mijn schuld zijn: dan zou ik in gebreke zijn gebleven bij de opvoeding, zou ik er niet in zijn geslaagd een echte man en een goede moslim van hem te maken.'

'Goed, maar je hebt me nog niet gezegd wat je dan zou hebben gedaan, pappa. En dat wil ik juist weten: wat je zou hebben gedaan. Wat je met hem zou hebben gedaan. Hoe je zou hebben gereageerd.'

Ik wist dat ik te ver ging, maar de vraag was nu gesteld. Ik wilde een antwoord. Ik zou het niet hebben verdragen als ik geen antwoord kreeg.

'Dit is onbeleefd, Ndéné. Je kunt je vader niet op zo'n manier ondervragen. Nogmaals, er is geen enkele reden waarom ik over zo'n idiote hypothese zou moeten nadenken. Maar als je het dan echt weten wilt, met je ongepaste nieuwsgierigheid, dan zal ik het je zeggen: als ik een kind had gekregen dat góor-jigéen was, zou hij niet meer mijn kind zijn.'

'Hoe bedoel je?'

'Dat is toch duidelijk: ik zou hem verloochenen.'

Na die woorden, die hij op nog strengere toon had uitgesproken, stond mijn vader op en ging naar zijn slaapkamer. Adja Mbène keek me op haar beurt aan, alsof ze vond dat ze nu pas iets mocht zeggen.

'Dat soort vragen stel je niet. Je kent je vader. Er zijn onderwerpen...'

'En jij?'

'Wat is er met mij?'

'Als jij een homoseksueel kind had...'

'Wat wil je dat ik zeg, Ndéné?' Ze praatte wat zachter, alsof ze bang was dat mijn vader het zou horen. 'Een kind is een geschenk van God. Voor mij is een kind een kind. Hoe zou ik niet van hem kunnen houden, ook al is hij anders of ziek? Ik zou dag en nacht tot God hebben gebeden dat Hij mijn kind genas, maar ik zou van hem hebben gehouden. Als ik, zijn moeder, niet van hem had gehouden, wie zou dat dan hebben gedaan? Je vader heeft gelijk, Ndéné. Dat soort vragen moet je niet stellen. Ga je excuses aanbieden voordat je weggaat, anders krijg ik het voor mijn kiezen.'

Mijn vader kwam een uur later zijn kamer uit. Ik kon zien dat hij een hele strijd had geleverd om iets van zijn kalmte te herwinnen. Hij had verloren. Op zijn gezicht, in de lichte verkramptheid van zijn kaken, waren nog de sporen aanwezig van zijn onderhuidse woede. Ik had mijn mond nog niet kunnen opendoen of hij begon al:

‘Ik weet wat je denkt. Je vindt misschien dat ik homofoob ben, zoals geleerde mensen zeggen, mensen zoals jij, mensen die er voorstander van zijn dat iedereen rechten heeft. Ontken het maar niet: ik weet dat je sinds je terugkeer uit Frankrijk een van hen bent geworden. In tegenstelling tot je moeder wilde ik daarom ook niet dat je erheen ging. Maar ik ben niet homofoob. Of misschien ben ik dat wel. Het hangt er maar van af wat je onder dat woord verstaat. Ik heb geen hekel aan die mensen, ik wens ze niet dood, maar ik wil ook niet dat wat ze doen, wat ze zijn, als normaal wordt beschouwd in dit land. Als dat betekent dat je homofoob bent, dan geef ik toe dat ik dat ben. Elk land heeft fundamentele waarden. En die waarden zijn niet de onze. Zo simpel is het. Je kunt ze niet als iets doodgewoons aanvaarden, want dat zou het begin van ons einde zijn, een verraad aan onze voorouders en onze geestelijke vaders. Erger nog: een verraad aan God. Voor mij is het duidelijk: als een minderheid de samenhang en de morele orde van onze samenleving bedreigt, moet ze verdwijnen. Dat vind jij wreed misschien, of onmenselijk, maar niets is menselijker, Ndéné. Er is niets menselijker, als je de grote meerderheid wilt beschermen en de sociale cohesie wilt waarborgen, dan dat je lieden verwijdert die onrust veroorzaken, desnoods met geweld. Je kunt het bijna een instinct tot zelfbehoud noemen, overlevingsdrang. Nogmaals: dat ze die man op de begraafplaats hebben opgegraven, was het enig juiste. Je kunt hier, op deze plek waar zoveel heiligen hebben geleefd, geen góor-jigéen zijn en verwachten dat je op een islamitische begraafplaats mag rusten. Dat is onbestaanbaar. Onbestaanbaar. Ik zou hetzelfde hebben gedaan als die mannen die je in dat filmpje ziet: ik zou mijn mouwen hebben opgestroopt en hem hebben opgegraven. Al was het mijn eigen zoon geweest. Met andere woorden...'

Hij keek me strak in de ogen, alsof hij me op die manier het absolute bewijs van zijn overtuiging wilde geven. Het leed geen twijfel meer: mijn vader was bezig te bevallen van zijn innerlijke waarheid. Hij had de gemeenplaatsen achter zich gelaten om in zichzelf af te dalen en de confrontatie met zichzelf aan te gaan, een autopsie op zichzelf te verrichten, te ontdekken en te zeggen wat hij werkelijk vond. Het was een grote inspanning voor hem geweest en ik had respect voor zijn moed, want er is moed voor nodig om uiteen te zetten wat je denkt, zelfs tegenover je eigen zoon. Zijn kaken stonden strak, zijn statige houding was verdwenen. Op zijn slaap was de T veranderd in een letter die niet in het Latijnse alfabet voorkomt, een soort complex Chinees ideogram. Zijn gezicht werd erdoor getekend als door een boosaardig zegel. Mijn vader vervolgde met verstikte, maar niet minder krachtige stem: 'Met andere woorden, Ndéné, als jij daar in de grond had gelegen, op die begraafplaats was begraven, en ik zeker wist dat je homoseksueel was, zou ik je hebben opgegraven. Ik zou je zonder aarzelen, zonder houweel of schep hebben opgegraven... Met mijn blote handen.'

Hij toonde me zijn beide handen. Ik zag dat ze een beetje trilden. Mijn vader verdween zonder er nog iets aan toe te voegen weer naar zijn kamer. Ik zei Adja Mbène gedag en vertrok.

7

De volgende dagen zocht ik allerlei excuses om Rama weer te kunnen zien. Ik wist dat ze niet zo gauw ja zou zeggen, dus ik moest stevige argumenten hebben. Haar woedebuien waren verschrikkelijk, hardnekkig, langdurig: de woedebuien van een onafhankelijke, vrije vrouw die geen enkele man, laat staan zijn geslachtsdeel, iets verschuldigd was. Ze vormde een mengeling van ongedwongenheid en hartstocht, die bewondering en vervolgens altijd weer begeerte wekte. Slechts een paar momenten met haar waren genoeg om te beseffen dat ze zich nooit aan je zou binden, maar dat ze je meer liefde kon geven in de tijd die je met haar zou doorbrengen dan je ooit had kunnen dromen. Even verheven als vrijgevochten... Ongetemd en moederlijk... Ze verscheen wanneer ze wilde, verdween wanneer ze wilde. Zoals het ware minnaressen betaamt, was ze ongrijpbaar en liet ze me toch niet los.

Van haar gezicht, van alle details waaraan stuk voor stuk duizend lofdichten konden worden gewijd die geen van alle recht zouden doen aan hun pracht, dat gezicht waar je tijdenlang naar kon kijken zonder te hoeven vrezen erop uitgekeken te raken, van haar gezicht dus, vond ik de mond het mooist, die grote gulle mond, met immer ongeleste lippen, waarvan ik de mijne maar hoefde los te maken om onmiddellijk te worden geplaagd door een hevig gemis, alsof ze hun dorst om te worden gekust of steeds weer te kussen op mij hadden overgedragen. Ze stond me toe dat ik haar hartstochtelijk kuste. Ik geloof dat ze dat wel amusant vond. Elke keer dat ik me op haar lippen stortte met de ambitie of, op dagen van onbezonnen hovaardigheid, zelfs de zekerheid er het vuur van te zullen doven, vertrok Rama op het moment dat ik mijn gezicht naar het hare boog haar mond tot een teder spottende glimlach, zoals een sfinx die zou tonen aan een man die na urenlange vruchteloze pogingen opnieuw probeerde een van haar raadsels op te lossen.

Maar iets aan haar was nog raadselachtiger dan haar mond: haar haren of liever gezegd, haar haardos: een zware, zwarte massa lange dreadlocks, waarvan de uiteinden de welving streelden waar haar billen begonnen. Die haardos was voor mij een ondoordringbaar mysterie. Ik was er nog meer door geobsedeerd dan door die ongeleste mond, om de doodeenvoudige reden dat Rama me duidelijk had gemaakt dat ik er niet aan mocht komen. Waarom eigenlijk niet? Ik had geen idee. Ze weigerde tekst en uitleg. Elke keer dat ik die bos haar vast wilde pakken, er een streng van in mijn handen wilde nemen om die te betasten, te wegen of erin te bijten, werd ze woedend. Het was alsof die dikke, zware haardos een geheim bevatte. Ik was ervan overtuigd dat net als bij sommige van onze vroegere koningen, of bij Simson, in dit dichte woud Rama's kracht school, de sleutel tot haar mysterie, en dat ik er mijn hand, mijn hele wezen in moest laten verdwijnen als ik haar volledig wilde bezitten. Ik probeerde dat, maar ze liet het niet toe.

Ze stond wel toe dat ik haar haar vluchtig streelde of erlangs streek, maar als ik mijn hand ook maar even liet dralen, als ik het in mijn vuist wilde klemmen om de hele textuur ervan te kunnen voelen, hield ze me vinnig tegen. Zelfs als we samen sliepen, wilde ze niet hebben dat ik er al te gretig mijn vingers doorheen haalde. Ik mocht eraan ruiken. Ik mocht het met mijn lippen beroeren. Maar het stevig beetpakken, dat nooit. Natuurlijk had ik weleens geprobeerd om tijdens haar slaap haar geheim te ontdekken en het haar misschien zelfs te ontfutselen. Maar alsof dit het meest doorzenuwde en gevoeligste deel van haar lichaam was, werd Rama zodra ik haar haardos aanraakte of er mijn handen nog maar naar uitstak met een schok wakker. Eigenlijk stond ze me alleen wanneer we de liefde bedreven toe haar haren vast te grijpen.

Maar dat telde niet: tijdens het vrijen kon ik niet helder denken. Het genot dat Rama me dan verschafte, verblindde me zozeer dat ik het geheim van die dikke zwarte tressen niet goed kon onderscheiden. Op dat moment lag het daar, open en bloot, maar mijn orgasme legde er een soort sluier overheen die me er nog verder van verwijderde. Vandaar dat ik er steeds weer zo naar hunkerde om de liefde met haar te bedrijven en dat ik me elke keer voornam om tijdens het vrijen helder genoeg te blijven om eindelijk te zien wat zich daar schuilhield. Maar elke keer opnieuw ging ik op het cruciale moment toch weer kopje-onder in mijn genot en zag ik niets. Rama's haardos bleef een verboden vrucht, en ik denk dat die gedachte me op het laatst stiekem wel aanstond. Ik vond het een aantrekkelijk idee dat ze altijd iets had wat me door de vingers glipte. Haar mond... Haar haardos... Ik vond het een aantrekkelijk idee dat ze voor mij meer was dan een raadsel: een hevige verslaving, een harddrug, slangengif. Mijn kwaal en mijn remedie.

Ik kende niemand die je zozeer het gevoel kon geven dat je begrepen, gehoord werd. Na een samenzijn met haar maakte je je geen enkele illusie meer over de mens en had je paradoxaal genoeg, al was het maar voor even, toch je geloof in de mensheid hervonden. Sommige verhalen die ze me had verteld over dingen die ze had gezien of meegemaakt, lieten maar weinig ruimte voor vertrouwen in hoop of goedheid. Maar de kalme eenvoud waarmee ze haar best deed om zich niet elke dag ellendiger te voelen was bewonderenswaardig. Ze was niet naïef. Integendeel, ze wekte de indruk een enorme scherpzinnigheid te hebben ontwikkeld: ze was zich volkomen bewust van haar sterke punten en haar beperkingen, van haar lichte kant en haar schaduwzijde. Deze totale aanvaarding van haar eigen ziel bood haar een luxe die maar weinig mensen gegeven was: wat haar ook gebeurde, ze zou er altijd alleen zichzelf verantwoordelijk voor kunnen stellen. Ze was haar eigen wet en haar eigen wetsovertreding.

Ze werkte in het nachtleven. Ik heb overigens nooit geweten wat ze precies deed, en dat hoefde ik ook allang niet meer te weten, want die onwetendheid was de voedingsbodem voor heel wat wilde fantasieën. Ik zag haar voor me als een oogverblindende verschijning in de louche en groezelige, angstaanjagende en verleidelijke wereld van de libertijnse bourgeoisie van Dakar, die zich in een zee van alcohol, geld, urine en drek overgaf aan onvoorstelbare daden waar zelfs De Sade onbekend mee was en waarin voor mij de griezelige, waanzinnige fascinatie van het obscure school.

We hadden al vier jaar iets met elkaar. Ik had haar

ontmoet in de tijd dat ik mijn heldhaftige dromen over academische hervormingen had opgegeven en nachtenlang cafés en bordelen afstruinde om poëzie te belèven in plaats van te lezen en becommentariëren. Ik leerde haar kennen in een nachtclub. Zij sprak mij aan en vroeg me met haar te dansen. Tijdens het dansen zei ze dat ze me leuk vond, waarbij ze me stevig maar teder bij mijn ballen greep, wat me deed giechelen van genot en pijn. Eindelijk poëzie... Vanaf die dag zagen we elkaar regelmatig. Het was niet alleen maar een fysieke relatie. Door het contact met haar werd ik in intellectueel en zelfs spiritueel opzicht weer geprikkeld op manieren die de universiteit me niet meer te bieden had. Ze had nooit eindexamen gedaan en toch voelde ik me in haar aanwezigheid bespottelijk dom.

Ik had nooit overwogen een relatie met Rama te beginnen. We deelden alleen het bed. Zij zou trouwens nooit hebben gewild dat we iets anders waren dan tijdelijke minnaars, en gelukkig maar. Ze was biseksueel en had geen zin om af te zien van de heftige begeerte die ze, in gelijke mate, voor andere mannen en vrouwen koesterde. Ik was niet jaloers bij de gedachte dat ik niet haar enige minnaar was. Met mijn eigenschappen, met wat er uniek was aan mij in vergelijking met anderen en met wat ik haar te bieden had, zag ik mezelf juist als een opzichzelfstaande ervaring. Ik wist dat er heel wat dingen waren die ze aan mij waardeerde die ze nergens anders vond en dat het juist dat unieke aspect van elk van haar minnaars en minnaressen was dat haar zo in hen aantrok. In haar weigering de eindeloze variatie in genot op te geven was Rama als een kind dat zich bleef verwonderen over al die verschillende nuances. Niets in haar zucht naar seksuele bevrediging en geluk was vulgair. Ik deelde haar graag met anderen, aangezien ze me bevestigde in het unieke van mijn rijkdom. Een hedoniste. Ja, dat was ze, een hedoniste. Ze had geen tomeloze, egoïstische zucht naar genot, maar verkeerde in een relatie met de wereld waarin genot iets was wat je in alle vrijheid deelde.

Uiteindelijk belde ik haar, vastbesloten om met haar te praten. Haar stem klonk nog even ijzig. De eerste momenten stotterde ik maar wat, verward, angstig, volkomen in de ban van de ademhaling aan de andere kant van de lijn. Daarna biechtte ik op dat ik haar miste. Ze antwoordde dat als dat het enige was wat ik haar te zeggen had, ze maar weer aan het werk ging. Ik vroeg haar of ze me het filmpje kon sturen.

'Het filmpje waarvan je niet wist wat je ervan moest denken?'

'Het filmpje waarvan ik niet wist wat ik ervan moest denken.'

'Want dat weet je nu wel?'

'Nee.'

'Waarom bel je me dan?'

'Omdat ik het wil weten. Ik moet het nog een keer zien. Op internet kan ik het niet vinden.'

'Natuurlijk niet. De regering zorgt er wel voor dat het daar niet op verschijnt. Het staat alleen op telefoons. Ik stuur het je.'

Ze hing op en een paar minuten later kreeg ik het filmpje via WhatsApp. Ik had niet gelogen toen ik zei dat het me de laatste dagen had beziggehouden. Door de preek van mijn vader waren de beelden weer bovengekomen, en door de discussie die we er daarna over hadden gevoerd, was ik ermee blijven rondlopen.

Zo had ik tijdens de voorbereiding van een college opeens gemerkt dat ik aan die menigte dacht, aan die jachtige ademhaling, dat gehijg, aan die twee zwoegende gespierde kerels en hun lijven die glansden van het zweet. Ik dacht aan dat graf, als een gapend geslacht in de aarde, een geslacht waaruit, zowel letterlijk als figuurlijk, alleen de dood tevoorschijn kon komen. Ik had de beelden sinds de avond dat Rama ze me had getoond niet meer teruggezien, maar nu en dan kwamen ze boven, haarscherp, alsof ze rechtstreeks op de muren van mijn geest werden geprojecteerd. Het kon gebeuren dat ik het geluid hoorde van het lijk dat in het stof op de grond viel. Soms werd ik midden in een college in een flits verblind door de felwitte katoenen wade. Er kwamen details bij me boven die me de eerste keer niet waren opgevallen. Ik betwijfelde of ze klopten en vroeg me op het laatst af of er wel sprake kon zijn van een echte herinnering als die zo'n schril licht wierp op dingen die normaal gesproken al bezig zouden zijn in de nevelen van mijn geheugen op te lossen.

Zo spookten er de afgelopen twee dagen twee details door mijn hoofd. Het eerste was het gezicht van de opgegraven man, dat ik volgens mij niet in het filmpje had kunnen zien, maar waarvan de trekken zich op onverklaarbare wijze stukje bij beetje in mijn hoofd hadden afgetekend, langzaam, maar steeds duidelijker, zoals zo'n zoekplaatje dat je wel in spelprogramma's op tv ziet, waarbij een mysterieus gezicht dat eerst verborgen zit achter zwarte balken geleidelijk wordt onthuld aan de kandidaten die moeten raden wie het is. Het was alsof het gelaat van de opgegraven man uit het duister van mijn bewustzijn was opgedoken zoals dat van een drenkeling uit de diepten van een veenmoeras. Hij had grove, lelijke, lompe trekken, zo'n afstotelijke, groteske kop die je alleen de duivel zou toedichten of toewensen. Maar net als de duivel was hij tegelijkertijd ook een verleidelijk, aanlokkelijk wezen, zelfs mooi van lelijkheid, als je erin mee kunt gaan dat schoonheid, nog vóór enig esthetisch criterium, iets is wat het oog of zelfs de ziel kan boeien. Niets zo aantrekkelijk als iets lelijks, niets zo mooi als het Kwaad. Een oud gegeven. Ik had dat weerzinwekkende, afzichtelijke gelaat dus gezien op het moment dat de lijkdoek het niet langer beschermde; niet alleen gezien, maar ook bekeken, alsof ik had verwacht dat het weer tot leven zou komen en iets, een gevoel, tot uitdrukking zou brengen.

Het tweede detail vond ik nog verwarrender. Dat was het geslachtsdeel van de man. Ik had er een glimp van opgevangen, maar zo terloops dat het geen indruk op me had gemaakt. Maar nu liet het beeld ervan me niet meer los, alsof ik het in slow motion secondelang met mijn ogen had verslonden: een enorme besneden penis met een gladde eikel en een donkere, om niet te zeggen pikdonkere, echt ongelofelijk duistere schacht, die wel beschenen leek door een zwart licht; een geaderde penis, met een lichte buiging naar links, die aan een volle, warrige toef haar ontsproot. Wat me het meest verwarde was niet het formaat van die penis, en zelfs niet dat me die zo scherp voor de geest kwam. Wat me het meest verwarde en me ervan overtuigde dat die beelden alleen maar hallucinaties konden zijn, was het feit dat die pik zo stevig was. Hij was stijf. Voor zover ik weet, hebben doden geen stijve. Om die erectie te verklaren verzon ik bezopen of blasfemische hypothesen – ik stelde me voor dat de doden, zodra ze begraven waren, weer tot leven kwamen, met een zinderende begeerte om alles te neuken wat maar in de buurt was: andere doden, engelen, profeten, cherubijnen, maagden, die dus niet lang meer maagd zouden blijven, heiligen, gezanten Gods, Satan... Dit alles bedacht ik, en hoewel ik er erg om moest lachen, ontleende ik er ook een duister genoegen aan dat me deed huiveren. Kwam dat voort uit het ronduit puberale gevoel dat ik me overgaf aan schandelijke gedachten of lag de waanzin op de loer?

Waanzin. Of een hallucinatie. Ik had het filmpje maar één keer gezien, meer dan tien dagen geleden, midden in de nacht, bedwelmd door seksueel genot en tabakswalmen. Ik begreep het niet, ook al had ik daarna diverse keren over het filmpje gesproken en nagedacht, ook al bleef het opgegraven lijk me bezighouden, ook al liet het me bijna niet meer los; ik begreep niet hoe het kwam dat ik het gezicht en het geslacht van die man nu zo helder voor me zag. Had ik zo'n groot voorstellingsvermogen? Was ik erger van mijn stuk gebracht door dat filmpje dan ik dacht? En waarom waren het nou juist die beelden, als ze slechts illusies waren: die van zijn geslacht en zijn gezicht? Waarom niet van zijn hand? Waarom niet van zijn buik, zijn knieën, zijn hals? Waarom zijn gezicht en zijn geslacht?

Op het moment dat ik het videobestand opende dat Rama me zojuist had gestuurd, wist ik niet wat ik griezeliger zou vinden: dat de voorstellingen die ik me had gemaakt van het gelaat en de fallus van de man klopten of juist niet. In het eerste geval wilde dat zeggen dat ik niet in staat was ze te vergeten, dat ik erdoor was getekend, dat ze me achtervolgden, dat ik ervan bezeten was. In het tweede geval zou het betekenen dat ik graag wilde dat ze overeenkwamen met mijn fantasieën. Hoe dan ook, niet alleen werden mijn gedachten in beslag genomen door die góor-jigéen, maar ik begon ook iets voor hem te ontwikkelen wat ik niet graag een gevoel zou willen noemen, maar wat toch iets van dien aard moest zijn. Wat voor gevoel? Het leek me een idiote vraag, en plotseling drong de betekenis van Adja Mbènes woorden volledig tot me door: 'Kun je voor die mensen iets anders voelen dan medelijden?' Het kon niets anders, het mocht niets anders zijn dan medelijden.

Ik bekeek het filmpje tientallen malen, tot walgens toe. Elke keer weer moest ik kokhalzen op het moment dat het lijk uit het graf werd getrokken. De kwestie van het gezicht en het geslacht werd er geenszins door opgelost en hield me daarna zelfs nog meer bezig. Geen wonder: het gezicht van de man was op geen enkel moment zichtbaar, dus ik had er de details niet van kunnen ontwaren (waar kwam dan die merkwaardige zekerheid vandaan dat hij zo'n lelijk en fascinerend gezicht had?); zijn geslachtsdeel was hooguit een seconde lang te zien, maar dat was genoeg: het was zeker niet zo indrukwekkend als in mijn voorstelling ervan, maar het scheelde weinig. Ik heb het beeld stilgezet en ingezoomd, en er was geen twijfel mogelijk: hij had een erectie. Er was nog een detail dat me opviel en me die eerste keer was ontgaan: je zag of hoorde geen enkele vrouw.

Daarna belde ik Rama. Ik wist dat ze zou opnemen, want 's nachts sliep ze nooit echt.

'Wat moet je nou weer?'

'Je iets vragen: weet jij waar dat filmpje is opgenomen?'

'Dat heb je me al gevraagd. Nogmaals: nee, dat weet ik niet.'

'Je weet niet wie het is? Ik bedoel, wie is de man die werd opgegraven?'

'Nee. Dat weet ik niet. Is dat nu ineens zo belangrijk voor je?'

Ik zweeg een moment, want ik wist niet wat ik zeggen

moest. Aan de ene kant: nee, hij was volkomen onbelangrijk. Ik kende hem niet en hij was dood. Maar aan de andere kant: ik was zo ontdaan van het filmpje dat ik de behoefte voelde meer aan de weet te komen over die vent wiens geslacht en gezicht me door het hoofd bleven spoken. Ik moest weten hoe hij heette, hoe hij eruit had gezien. Ik moest trouwens ook weten wat er met zijn lijk was gebeurd. Was hij opnieuw begraven? En waar dan? Welke begraafplaats had hem geaccepteerd? Een islamitische? Daar had hij geen recht op, zoveel had mijn vader me wel duidelijk gemaakt. Een christelijke? Zou hij daar eerder worden geduld dan op een islamitische? Een begraafplaats voor góor-jigéens? Onbestaanbaar... Misschien hadden ze zijn lijk verbrand. Of het midden in de nacht op een onbekende plek begraven. Of achtergelaten in een put. Of in zee geworpen. Of als voer naar een troep uitgehongerde honden gegooid. Of midden in de woestijn neergesmeten, zodat het zou wegrotten en worden opgevreten door aasgieren... Het punt was dat ik niets wist van de man die sinds kort mijn gedachten beheerste.

Ik bleef zwijgen. Rama had niet opgehangen. Uiteindelijk nam zij weer het woord, met een stem die nu milder leek te klinken: 'Ik ken iemand die je zou kunnen helpen. Ik beloof niets. Maar zij kan je misschien op weg helpen.'

'Heel erg...'

'Ga me nou alsjeblieft niet bedanken.'

'Oké. Wanneer zie ik je weer?'

'Wie zei dat we elkaar zouden zien?'

Ik zei niets. Ze stelde mijn nederigheid op de proef, benadrukte haar vrijheid. Er gingen een paar seconden voorbij waarin ze zich ervan vergewiste dat ik aan haar voeten lag. Ten slotte kwam het verlossende woord: 'Over een paar dagen. Ik neem wel contact op. En nu moet je me met rust laten, Ndéné, ze hebben me nodig. Tot heel gauw. Fijn om te merken dat je weer even jezelf bent, tot je opnieuw kopje-onder gaat in je onnozelheid.'

Ze hing op. Vlak daarna sliep ik in en droomde van mijn vader: ik was de enige gelovige in een grote moskee en hij droeg op de plek van de imam geen Koranvers maar een gedicht van Verlaine aan me voor.

8

Mijn volgende college, dat ik besloten had te wijden aan enkele gedichten uit *De bloemen van het kwaad*, zat er bijna op toen er een reactie van de studenten kwam. Achter in de aula ging een hand omhoog.

'Ja, Ndiaye?'

'Eh... Sorry, meneer Gueye, maar voor het eind van het college zouden we even met u willen praten.'

'Met me praten? Waarover?'

Student Ndiaye was blijkbaar geïntimideerd door mijn barse toon, want hij viel stil en keek om zich heen, duidelijk op zoek naar bijval van zijn studiegenoten, van wie enkele – niet alle – hem bemoedigende blikken toewierpen, met subtiele knikjes hun goedkeuring en vertrouwen lieten blijken en bij wijze van steunbetuiging enthousiast een duim opstaken.

'Nou, Ndiaye?'

'...Eh ja... we zouden het graag met u willen hebben over ons vorige college. Dat van vorige week. Kunt u zich dat herinneren? Over Verlaine. Weet u nog?'

'Doe niet zo dom. Natuurlijk kan ik me dat college herinneren. En wat is daarmee? Als jullie vragen hebben: alle verwijzingen kun je vinden in...'

‘Eerlijk gezegd, meneer... Eigenlijk... Het gaat om het werk van Verlaine zelf... En om zijn leven...’

‘Wees eens duidelijk, Ndiaye! Ik snap niet waar je heen wilt.’

‘Sorry, meneer Gueye. Een van onze studiegenoten heeft ons gewezen op iets vreemds in zijn biografie... Maar voor ik verderga, bent u ervan op de hoogte dat het ministerie verboden heeft les over hem te geven?’

‘Dat is me bekend. Wat is het probleem?’

‘In zijn biografie...’

Raphaël Ndiaye stak zijn leerboek in de lucht en wees naar de pagina met de biografie van Verlaine. Die hoefde ik niet door te nemen. Ik kende het stuk uit mijn hoofd.

‘Ja, en?’ herhaalde ik. ‘Wat is er met zijn biografie?’

‘Nou, ongeveer halverwege de tekst...’

Hij viel stil, keek nogmaals om zich heen. Deze keer vond hij bij geen van zijn studiegenoten bijval; ze zaten allemaal naar de grond te staren. Hij was alleen, heel erg alleen, en heel erg verantwoordelijk. Daar maakte ik gebruik van: ‘Wat nou, Ndiaye? Ik heb geen tijd voor kletspraat. Zeg het gewoon.’

‘U weet wel waarom Verlaine door het ministerie verboden is... Hij... hij behoort tot de góor-jigéens. Daar is geen twijfel over mogelijk. Het was bekend dat hij homo was. In zijn biografie staat dat “Verlaine in 1873, na een ruzie met Rimbaud, een pistool trekt, schiet en...”’

‘“...zijn jonge minnaar in de pols raakt”,’ vulde ik aan.

Op die woorden volgde een doodse stilte en de studenten keken met een strakke en ronduit uitdagende blik naar mij. Bij sommigen zag ik zelfs woede.

‘Nou en?’ vroeg ik.

Het antwoord kwam niet van Raphaël maar van Al Hassane, die naast hem zat.

'U zegt het net zelf, meneer... Verlaine was een góor-jigéen... De minnaar van Rimbaud...'

'Ja. Dat is hij geweest. Maar ik begrijp niet waar je heen wilt. Wat is het probleem?'

'Hij hield van mannen. Dat is het probleem.'

'Hij hield ook van vrouwen. Maar dat doet daar niets aan af. Verlaine was een góor-jigéen. En misschien was hij ik weet niet wat nog allemaal meer. Misschien hield hij wel van dieren. Maar waar het om gaat: Paul Verlaine was een groot dichter. Wat doet het af aan zijn dichtkunst dat hij een góor-jigéen was?'

'Dat doet er toch wel iets aan af, meneer,' antwoordde Al Hassane. 'Hij sliep met mannen. Dat doet er alles aan af. Dat doet er alles aan af, want...'

Al Hassane aarzelde even, zich ervan bewust dat hij door de woorden die hij nu ging zeggen persoonlijk betrokken zou raken bij de kwestie, ook al begreep ik wel dat hij namens de groep sprak.

'Want?'

'Want u geeft ons les over de dichtkunst van een homoseksueel... Dat kan invloed op ons hebben. Daarom heeft het ministerie verboden Verlaine te bestuderen. Hij maakt deel uit van de grote Europese propaganda waarmee ze homoseksualiteit bij ons willen invoeren. Dat pikken we niet meer. De lesprogramma's gaan veranderen, insjallah.'

Er volgde een vreemde stilte op het betoog van de student, beladen als een verwijt. Ik had zin om, net als Proust in zijn antwoord aan Sainte-Beuve, tegen de leerlingen te zeggen dat er in een schrijver twee mensen schuilen: de alledaagse mens, die te laat komt, de was doet, de post ophaalt, zijn eten laat aanbranden, belooft om maar één drankje te nemen of op tijd te komen, kortom, diens sociale ik, en de kunstenaar, het diepere ik, dat schept, in zijn werk de wereld tot uitdrukking probeert te brengen, in zichzelf schoonheid zoekt en daarbij bereid is ook het lelijke te verkennen. Ik hield van de dichter die in Verlaine school; de homoseksueel liet me tamelijk onverschillig. Maar ik wist dat de studenten mijn antwoord absurd zouden vinden. Ze zouden er nooit vrede mee kunnen hebben dat Verlaine homoseksueel was. Ze zouden hem dat altijd voor de voeten werpen. Ik begreep ze wel: de cultuur, de opvoeding, de waarden en normen die hun waren bijgebracht, hadden ertoe geleid dat ze weigerden homoseksuelen als Verlaine of wie dan ook te aanvaarden. Verlaine had homoseksuele relaties gehad. Dat was voor de leerlingen onacceptabel. Ze zouden zich nooit over dit in hun ogen zo ernstige feit heen kunnen zetten. Ze zouden nooit de schoonheid in de poëzie van Verlaine zien, aangezien hijzelf onrein was. In dit land heeft Proust ongelijk, voor altijd en eeuwig ongelijk, en Sainte-Beuve gelijk. Het had geen zin om mijn studenten aan het verstand te peuteren dat de mens Verlaine, die zich overgaf aan homoseksuele handelingen, een ander was dan de grote dichter Verlaine. Voor hen, voor hun ouders, voor zoveel mensen in dit land was dat onderscheid absurd: een mens is slechts wat hij doet. Een belangrijk deel van onze cultuur is gebaseerd op het principe dat dit onderscheid niet bestaat. Ik wist dat ik er niet in zou slagen het verschil tussen de twee Verlaines duidelijk te maken. De leerlingen zouden hem altijd als een eenheid zien; ze stonden erop dat hij een eenheid was: een homoseksueel die gedichten had geschreven waarin homoseksualiteit voorkwam. Gevaarlijke gedichten dus. Het ergste was dat het misschien wel terecht was dat ze niet zijn verschillende kanten wilden onderscheiden. Ik vond het verdedigbaar om een kunstenaar niet op te splitsen, om hem te aanvaarden in alles wat hij was. Maar uit die zienswijze trokken we niet dezelfde conclusies.

‘Ik vind het jammer als ik hem om die reden niet mag behandelen,’ zei ik. ‘Dat is achterlijk. Het ministerie is achterlijk. Jullie zijn achterlijk. Iedereen is achterlijk. Als ik hier alleen over ging...’

‘U gaat hier niet over! U gaat nergens over!’ meende ik vanuit de zaal te horen, maar ik trok me er niets van aan en ging verder, steeds feller en luider: ‘Als ik hier alleen over ging, zouden we Verlaine gewoon behandelen, net als alle andere grote schrijvers en dichters! Of ze nou dieren of vrouwen of mannen of een gat in de muur neukten! Al neukten ze spitsmuizen!’ bulderde ik. ‘Wat kan mij dat schelen als ze grote kunstenaars zijn.’

Ik viel stil, buiten adem. Er gingen enkele ogenblikken voorbij, waarna mijn opstandige euforie over dit bravourestuk verdampte. Meteen voelde ik me bespottelijk en beschaamd. De bel ging en het college was afgelopen. Bij het verlaten van de zaal wierpen de studenten me woedende blikken toe. Waarschijnlijk hadden ze verwacht dat ik schuld zou bekennen. Dat ik mijn excuses zou aanbieden voor het feit dat ik hun de vorige keer Verlaine had voorgeschoteld. Dat ik homoseksualiteit zou afkeuren. Dat ik ze zou sterken in hun mening dat het haram, verboden was om Verlaine te lezen. Als ik mezelf was geweest, zou ik dat ook hebben gedaan. Maar mijn lafheid had me nu een keer in de steek gelaten. Ik weet niet waarom. Ik bleef alleen achter in de collegezaal. En opeens kreeg ik de slappe lach. ‘Al neukten ze spitsmuizen!’ Hoe kwam ik erop!

Meneer Coly had me gevraagd na mijn colleges naar zijn kamer te komen. Hij zat rustig zijn pijp te roken terwijl hij op me wachtte en ontving me met een vriendelijke blik.

'Je weet waarschijnlijk wel waar ik het met je over wil hebben...'

'Ze zijn zeker komen klagen?'

'Je zult begrijpen dat ze zich niet bij mij hebben gemeld. Ze hebben je aangegeven bij Ndiaye, de faculteitsvoorzitter. Hij heeft me meteen gebeld. Dit was precies waar hij op zat te wachten. Een gelegenheid om zijn macht over mij uit te oefenen. En omdat hij weet dat ik een goede band met je heb en je adviseur ben, maakt hij van die gelegenheid gebruik om...'

'Het spijt me vreselijk dat ik u in zo'n positie breng. Toen ik mijn college voorbereidde, was ik nog niet op de hoogte van de notitie van het ministerie over Verlaine...'

'Dat begrijp ik, jonge vriend. Maar dat is het ergste niet. Het ergste is dat de voorzitter, net als de studenten, het niet kan verdragen dat je van mening bent dat het... Welk woord gebruikte je ook alweer...? Absurd?'

'Achterlijk.'

'Achterlijk, ja. Ze stelden het niet op prijs dat je het achterlijk vindt om Verlaine uit de lesprogramma's te weren omdat hij homoseksueel was.'

'Dat is toch ook achterlijk?'

'Ja, dat is zo. Maar als je dat zo publiekelijk verkondigt, breng je jezelf in gevaar. Niet omdat je de instructies van het ministerie niet opvolgt, maar omdat je morele waarden in twijfel worden getrokken. In feite vellen de studenten geen oordeel over Verlaine, maar over jou, over jouw mening omtrent homoseksualiteit.'

Ik zei niets. Daarop maakte meneer Coly een nogal

vaag gebaar, alsof hij een vlieg boven zijn hoofd of een idee uit zijn gedachten verjoeg, waarna hij op een ernstiger, bijna naargeestige toon verderging: 'Ze wilden je mening horen. Die heb je gegeven. Pas op, Ndéné. Bij dit onderwerp raken de gemoederen verhit en laaien de emoties snel op. Het zijn kwesties die mensen in hun hart raken, in hun diepste wezen, in hun identiteit, hun geschiedenis, hun erfgoed. Daar moet je niet aan voorbijgaan, niet geringschattend over doen. Integendeel...'

'Wat riskeer ik hiermee?'

'Dat weet ik niet. We zullen wel zien. Maar om te beginnen moet je het maar niet meer hebben over Verlaine of over welke andere homoseksuele schrijver of dichter dan ook. Dat is al iets.'

Het was me vreemd te moede toen ik de kamer van meneer Coly verliet.

9

Rama glimlachte spottend. In haar plagerige blik zag ik de onbeschaamde triomf van de vrouw die haar minnaar heeft uitgeput. We hadden elkaar gemist en elkaar dat op onze eigen manier duidelijk gemaakt, met alle lichamelijke passie van een eerste of een laatste keer. Opnieuw had ik me tevergeefs aan haar haardos vastgeklampt. Gebroken van genot hadden we na twee uur ons gesprek weer kunnen voortzetten. Ze lag in mijn armen. Ik was gelukkig. Uiteraard hadden we het over het filmpje. Rama zei dat het haar verbaasde dat ik er nog steeds in geïnteresseerd was, terwijl mijn eerste reactie volslagen imbeciel was geweest.

'Degene die je zou kunnen helpen erachter te komen om wie het gaat, heeft vanavond tijd. Ik zou straks langsgaan. Ga je mee?'

'Wil je niet liever hier blijven, lekker met z'n tweeën?'

'Nee.'

'Het is zeker iemand met wie je het bed deelt?'

'Dat heb je goed geraden.'

'Laat dan maar zitten. Ik heb geen zin om een van je minnaars te ontmoeten. Het idee dat je minnaars hebt, daar kan ik nog wel tegen, maar ik weet niet wat het met me zou doen als ik ze ontmoette.'

'Nou, dan blijf je hier. Jouw probleem. Maar wie zegt dat het een man is? Je weet niet wat je mist. Een bijzondere, zeldzame schoonheid. Ik weet zeker dat je haar prachtig zou vinden.'

Met een glimlach maakte Rama zich zachtjes los uit mijn armen en hupte uit bed. Haar ontblote lichaam zoals ik het daar, in het schemerdonker van de kamer, gadesloeg – haar rug, haar schouders, haar billen zo rond als de maan, haar benen –, dat lichaam dat, hoe tenger ook, altijd weer het mijne beteugelde, leek nu een wonderschone droom die vervaagde. Die vervloog. Een onverdraaglijke gedachte. Ik stond op om te voorkomen dat ze ontkwam.

Rama had niets te veel gezegd: Angela Green-Diop was uitzonderlijk mooi. Ze had extreem kortgeknipt haar en droeg een kleine piercing in haar neus. Dat detail gaf haar een wat ambivalente uitstraling, waarvan je niet goed wist of je die engelachtig of pervers moest noemen (toen ik veel later aan deze overweging terugdacht, besefte ik dat er natuurlijk ook perverse engelen konden bestaan). Haar hele gezicht was overdekt met bruine vlekjes, die je in eerste instantie domweg zou willen tellen: een gezicht als een melkwegstelsel, met een overvloed aan sterren en twee grote blauwe ogen als zonnen. Boven haar linkerborst was de veelkleurige bloem van een vleesetende plant getatoeëerd. De steel van de plant verdween in de schaduw van de weg die zich opende tussen de aanzet van de twee booggewelven die haar borsten vormden; en onder haar zwarte blouse, waar geen beha te bekennen was, tekenden zich nog twee tepelpiercings af. Angela was van gemengde afkomst, met een Senegalese vader, die in de tijd van Senghor diplomaat was geweest, en een Amerikaanse moeder, die psychoanalytica was. Nadat ze aan Yale was gepromoveerd in de rechten, had ze ervoor gekozen terug te keren. Ze werkte nu in Dakar voor Human Rights Watch.

Ze was uitbundig, Angela, vrolijk, sprankelend, zonnig en als klap op de vuurpijl ook nog geestig. Ze maakte onweerstaanbare onzingrappen, vertelde me over haar Amerikaanse ervaringen, stelde me vragen en beantwoordde de mijne. Het klikte meteen tussen ons, we voelden geen gêne of wantrouwen, niet die overdreven schroom en terughoudendheid waardoor zoveel vrouwen hier bijna onbenaderbaar zijn. Ze plaagde me met mijn accent als ik iets in het Engels zei, merkte op dat ze me een lekker ding vond, en antwoordde '*I know*' toen ik zei dat ze heel mooi was.

We vormden een vreemde liefdesdriehoek met Rama als het toppunt. Uiteraard wist Angela wie ik was. Toch ontstond er geen enkele rivaliteit en was er beslist geen sprake van onderlinge nijd. Integendeel, we vonden het eerder fijn elkaar te ontmoeten, ons te scharen rond het kostbaarste dat we met elkaar deelden. Opeens had ik het gevoel dat ik Adja Mbène en mijn moeder begreep.

Rama had zin om te dansen en vroeg ons mee te doen. Angela antwoordde dat ze dronken was; ikzelf danste te slecht om me op de dansvloer te wagen. Bovendien had ik zin om even met Angela te praten. Ze had gedronken, maar leek nog uitstekend in staat een gesprek te voeren. Rama maakte ons uit voor ouwe lullen en verdween in de massa deinende lijven.

'Ben je biseksueel?' vroeg ik Angela meteen.

'*Of course*. Je moet wel gek zijn om je niet over te geven aan alle soorten genot die de mens, man of vrouw, kan bieden of beleven. Wil jij het niet een keer proberen met een man? Je zou nog opkijken.'

'Nee, bedankt. Bij vrouwen vind ik alles wat ik zoek.'

'Dat denk je. Jullie mannen idealiseren ons te veel. Ik zal niet aandringen, *but you are missing a lot.*'

'Dat wil ik graag zo houden. Dat trekt me totaal niet.'

'Dat is echt de definitie van fundamentalisme: je opsluiten in je eigen werkelijkheid,' zei ze, en ze nam een slok bier voor ze verderging: 'Aanvaard je homoseksualiteit überhaupt?'

'Aanvaarden weet ik niet. Maar ik kan me er in elk geval niets bij voorstellen.'

'Niet aanvaarden of je er niets bij voor kunnen stellen... *I see no difference.* Dat is lood om oud ijzer. Zeg dan gewoon dat je homofoob bent. Wel zo eenvoudig.'

'Niet echt. Ik weet gewoon niet hoe je als man van iets anders dan een vrouwenlichaam kunt houden. Ik heb geen hekel aan mannelijke homoseksuelen, alleen zijn ze me vreemd, niet omdat ze me in morele of religieuze zin voor het hoofd stoten, maar omdat ze me vanuit een esthetisch perspectief van de wijs brengen. Ik begrijp niet, ik zal nooit begrijpen hoe ze zich aangetrokken kunnen voelen tot de harde lijnen van het mannelijk lichaam, die onverbiddelijk vlakke vormen, dat reliëf zonder glooiende heuvels, die strakke kaders zonder duizelingwekkende diepten, die uitgestrekte hoekigheid...'

'Wat een dichter...'

'Ik heb altijd meer mededogen en begrip gevoeld voor lesbiennes,' ging ik voort, zonder in te gaan op haar ironische opmerking. 'Hun homoseksualiteit vind ik minder aanstootgevend. Beter te verdragen. Ik voel geen enkele afkeer bij de gedachte aan vrouwelijke lichamen die samen genot en harmonie zoeken. Ik heb weleens lesbische pornofilmpjes gekeken en die zijn best opwindend... Maar bij twee mannen doe ik mijn ogen dicht. Misschien ben ik homofoob, maar dan homofoob uit passie voor esthetiek, uit liefde voor vrouwen en hun schoonheid... Op zich staat het idee van liefde tussen twee mannen me niet tegen, maar fysieke liefde wel. Snap je?'

Ze keek me een paar seconden sprakeloos aan, waarbij ze langzaam, met een van diep medelijden vertrokken mond het hoofd schudde. Dat medelijden was echter alweer snel verdwenen. Er verscheen een strijdlustige schittering in haar ogen, ze stootte een lachje uit, kort en knisperend als een afgestreken lucifer, en beet me toe: '*Definitely stupid! Definitely!* Wat jij esthetische homofobie noemt is niets anders dan de traditionele en religieuze cultuur van Senegal waarin je gevangen zit, een gevangenis waarin het vrouwelijk lichaam, geïdealiseerd en teruggebracht tot niet meer dan een vorm, nog altijd het enige lichaam is waar je seksuele begeerte voor hoort te voelen en je fantasieën op mag botvieren. Je kunt zeggen wat je wilt, maar dat is en blijft een heel erg moreel, religieus en cultureel bepaalde houding. *I'm not really surprised by your speech, though.* Jouw mening is er zo een waarmee het homofobe discours zo vaak wordt gelardeerd. Jij verwoordt het alleen wat gekunstelder, *that's it.* In elk geval spreek jij je aversie van de erotisering van het mannelijk lichaam door een andere man alleen maar uit, het is niet zo dat je overgaat tot moord en doodslag... Mag ik hopen, tenminste! Maar denk niet dat je mening niet gewelddadig is. Dat is die wel.'

'Misschien. Dat komt dan door mijn cultuur. Door mijn tradities en mijn religie.'

'Volgens jou komt homoseksualiteit in jouw cultuur niet voor, neem ik aan.'

'Nou, ik heb in elk geval nergens gelezen dat dat wel zo is of ooit zo is geweest.'

'*Bullshit!*' Ze werd onweerstaanbaar sensueel wanneer ze met haar diepe stem een Engelse krachtterm gebruikte. 'Dat jij dat nergens hebt gelezen, betekent nog niet dat het nergens staat of dat het niet waar is. Er zijn bewijzen van. Je hoeft je maar een beetje te verdiepen in de kwestie van homoseksualiteit in Afrika om te beseffen dat er op ons continent ook vóór de kolonisatie al sprake van was. Eeuwen eerder al... Altijd al! Senegalezen en veel andere Afrikanen hebben daar geen idee van. *They don't wanna know.* Ze zitten gevangen in het idee dat hun land een soort reine ruimte is, met een volkomen heteroseksuele geschiedenis. Dat stelt ze gerust. Ze geloven in die mythe en doen geen moeite om er meer over aan de weet te komen. Dat is nu precies wat fundamentalisme inhoudt, zoals ik al zei. Het argument dat er geen historisch bewijs is voor homoseksualiteit in Afrika is al heel lang geleden door wetenschappelijk onderzoek onderuitgehaald. Het probleem is dat die feiten slechts bij een handvol onderzoekers bekend zijn, die daarover spreken in tijdschriften met een beperkt lezerspubliek, omdat ze er niet over durven te spreken in de massamedia. Ze zijn bang. Maar de bewijzen zijn er...'

Ik onderbrak haar. 'Wacht even. Kun je...'

Op dat moment barstte er een enorm lawaai los, een geluidsgolf die mijn stem overspoelde. Het waren de eerste noten van het populairste nummer van dat moment. Op de dansvloer bracht Rama iedereen het hoofd op hol. Ze danste vrijmoedig, met haar ogen dicht, ongeremd, met een mengeling van kracht en elegantie, en haar dreadlocks vlogen alle kanten op, vielen over haar schouders, bedekten haar gezicht, zwiepten tegen naburige dansers, die daar niet kwaad om werden, maar het eerder te kwaad kregen...

'*What?*' vroeg Angela zodra we elkaar weer konden verstaan.

'Ik vroeg: kun je me concrete, gedetailleerde voorbeelden geven? Voorbeelden van homoseksualiteit in Senegal of in Afrika in het algemeen van vóór het koloniale tijdperk?'

'*Incredible*, die redenering. Alsof Afrika niet tot de mensheid behoort. Er is geen enkele reden om aan te nemen dat er hier op het gebied van de menselijke gewoonten en zeden, welke dan ook, een uitzonderingstoestand heerst. Wat homoseksualiteit betreft... Er zijn heel veel werken en geschriften, *you know*... Zoek eens wat informatie. Dan word je wel wijzer. Maar *even if it's sometimes necessary*, ik vind het steeds absurder dat je je toevlucht moet nemen tot de geschiedenis van homoseksualiteit in Afrika om homofobie te bestrijden. Dat is een onzinnige strijd, want iemand die een hekel heeft aan homoseksuelen kan het geen reet schelen dat hier al sinds mensenheugenis homoseksualiteit bestaat. *He doesn't give a single fuck!* Degenen in dit land die homo's haten, hebben het over historische reinheid omdat dat lekker makkelijk is; dan kunnen ze weer eens de witte mens de schuld geven van wat ze beschouwen als een ingevoerd kwaad. Die mentaliteit is niet typisch Senegalees: elk volk in elk land ter wereld beschouwt de vreemdeling, de barbaar, als de oorzaak van decadentie. Van wat het aanziet voor decadentie. Je kunt wel geduldig, met de meest onweerlegbare wetenschappelijke feiten aan een Senegalese homofoob uitleggen dat homoseksuele praktijken hier altijd hebben bestaan, maar dan? *Then what*? Denk je dat hij dan opeens geen homofoob meer is? *Nope, sir.* De kans bestaat dat hij daarna een nog grotere homofoob wordt en zich nog meer in zijn eigen gelijk verschanst. Voor homofobie is geen historisch argument nodig. Ik weet niet eens of er überhaupt argumenten voor nodig zijn: het is gewoon een vorm van haat. De homofoob vergeet uiteindelijk de redenen van zijn haat. Probeer het maar eens uit: ga de straat op en vraag mensen waarom ze nou eigenlijk zo'n hekel hebben aan homoseksuelen. Ze zullen "religie!" roepen, maar hebben verder niets te melden. Ze zullen zeggen "dat kennen wij hier niet", maar exacte bewijzen daarvoor kunnen ze niet aanvoeren. Het is van belang dat we in het Senegal van nu het psychologische principe achter homofobie ontleden. De historische aanwezigheid van homoseksualiteit doet daarbij niet ter zake. Er ligt iets veel diepers aan ten grondslag.'

'Niet iedereen is toch domweg homofoob. Ik denk dat sommige mensen bereid zouden zijn om hun oordeel bij te stellen als ze beter geïnformeerd waren over de geschiedenis van homoseksualiteit bij ons.'

'Oh no, Jesus, please, wake up, guy!'

'Bovendien,' ging ik verder, ondanks de woeste blikken die ze me in haar rol van verontwaardigde vrijgevochten Amerikaanse toewierp, 'ben ik er niet van overtuigd dat de mensen hier, zoals jij lijkt te geloven, de reden uit het oog hebben verloren waarom ze homoseksualiteit verwerpen. Ze weten dat het om religie gaat, en ook al zouden ze niet precies kunnen zeggen in welke Koranverzen of Bijbelpassages homoseksualiteit wordt veroordeeld, ze weten wel dat God het verbiedt. Dat is genoeg voor ze. Hun afwijzing komt voort uit het geloof. En ik ben er niet zo zeker van dat je het geloof kunt "ontleden" zoals jij dat noemt... Die westerse manie om alles te willen ontleden... Maar goed. Onthoud één ding: ze zullen hier nooit toestaan dat homoseksualiteit voet aan de grond krijgt.'

'Maar er is hier allang homoseksualiteit!'

'In dat geval zullen ze niet toestaan dat het voortwoekert. Laat het zich maar ergens anders verspreiden, als het hier maar niet normaal wordt, dat is wat veel van mijn landgenoten zeggen en willen. En dat kan ik wel begrijpen.'

'Ik niet. *I can't understand* dat een man sterft, in elkaar geslagen wordt of naar de gevangenis wordt gestuurd omdat hij in zijn privéleven, zonder anderen ermee lastig te vallen, een seksualiteit beleeft waar hij niet voor heeft gekozen.'

'Waar hij niet voor heeft gekozen... Dat zou je aan heel wat mensen moeten uitleggen. En het zou trouwens vergeefse moeite zijn. Je hebt gelijk: met logica heeft dit alles niets te maken, het is volkomen irrationeel. De mensen willen gewoon geen homoseksuelen, klaar. Ze hebben er ook niet echt behoefte aan om te weten waarom niet. Humanisme brengt je hier niet verder. Ik zeg het je nog eens: ze houden zich liever vast aan een nog veel sterkere overtuiging: het geloof. De macht daarvan moet je niet onderschatten.'

'Onderschatten? *It's a joke, right?* Hoe zou ik de macht daarvan kunnen onderschatten terwijl ik zie wat het kan aanrichten bij jongens die zich in hun eigen huis hebben moeten opsluiten? Datzelfde geloof rechtvaardigt heksenjachten, inmenging in het privéleven van mensen. Straks gaan ze nog de huizen langs om te controleren wie gelovig is en wie niet, wie bidt en wie niet, *who is fucking who, in which hole, in which position and for how fucking long*... Een geloof dat zich losmaakt uit de privésfeer om... *How can I say it? Pretend to rule* de openbare ruimte, zo'n geloof wordt totalitair. Dat is gewoon het tegendeel van geloof...'

'Als het om homoseksualiteit gaat, is de maatschappelijke perceptie altijd afhankelijk van plaats, cultuur, traditie. Een dergelijk relativisme is onvermijdelijk.'

'Het is ook gevaarlijk. Er is een *stupid* consensus, waardoor iedereen lijkt te zeggen dat elk land zijn eigen werkelijkheid heeft, *and all those shitty true stuffs*. Maar dat is geen reden om dan maar niet meer het leven van gays te redden. We moeten strijden voor hun levens, zodat ze in de maatschappij kunnen leven als ieder ander. Dat onverbiddelijke relativisme is iets verschrikkelijks: is er dan niets meer absoluut? Is er niets dat het particuliere en het particularistische ontstijgt? Is hier dan niets meer heilig? *Not even human life?*'

'Ik denk het niet. Voor een gelovige zal de idee van God altijd zwaarder wegen dan het leven van zijn mensenbroeder. Al helemaal als die broeder homoseksueel is. Als God vraagt geen enkel mededogen voor hem te voelen, zal de gelovige dat niet hebben, om de simpele reden dat hij vóór alles in God gelooft. Daarop is het geloof van veel mensen zelfs gebaseerd: God gehoorzamen, zelfs als...'

'*Oh, God. Shut up, please.*'

Op dat moment kwam Rama terug, die het gesprek onderbrak.

'Nou, heeft ze je alles verteld?' vroeg ze me.

'Wat?'

'Over het filmpje? Heeft ze je alles verteld? Je wilde toch weten wie de opgegraven homo was? Daarom wilde je Angela toch ontmoeten? Ach, je hebt het haar niet gevraagd! Waar hebben jullie het dan de hele tijd over gehad?'

We hadden ons zo door onze discussie laten meeslepen dat we waren vergeten het te hebben over de reden waarom ik hier eigenlijk naartoe was gekomen. Ik stelde gauw mijn vraag. Angela vertelde me dat ze inderdaad wist wie de man was en waar hij had gewoond. Ze beloofde me binnenkort te bellen voor een afspraak om langs te gaan bij zijn familie. Ik gaf haar mijn kaartje.

'Maar eerst,' zei ze, terwijl ze het opborg, 'moet je naar dit adres gaan om eens te praten *with this guy*. Hij is er bijna elke zondagavond. Misschien dat dat je kan helpen je gedachtewereld te ontwikkelen, want *sorry my dear*, die vind ik nogal reactionair.'

Ze gaf me een stuk papier met daarop het adres en de foto van een oudere man.

'Je kent hem wel, denk ik. In elk geval kennen veel Senegalezen hem. We werken veel met hem. Hij heeft een schat aan ervaring en hij weet veel over de omstandigheden van homoseksuelen hier. Hij is in dit land een geval apart.'

Hoewel hij er op de foto heel anders uitzag, zonder zijn pruik en make-up, herkende ik Samba Awa Niang, de ceremoniemeester van de sabars.

We gingen door tot in de kleine uurtjes. Toen we de bar verlieten, ontbrandde er schuchter een wit vuur aan de hemel. Angela woonde niet ver. Ze stelde ons voor om bij haar thuis de nacht te beëindigen of de dag te beginnen. Ik bedankte.

'Je bent echt nog dommer dan ik dacht,' was Angela's reactie, en ze gaf me een tikje op mijn billen. 'Je bent hier met twee godinnen en je hoeft niet? Ben je dan toch gay? *C'mon boy!*'

Ze was aangeschoten, wat haar nog tien keer zo mooi

maakte. Haar hele lichaam straalde een vrijheid en zorgeloosheid uit waarvan ik wist dat ik die nooit zou kunnen bezitten. Ik moest denken aan muzikanten die, ten overstaan van het handjevol fans dat tot het eind van de nacht was gebleven, plus een stuk of twee, drie in slaap gesukkelde dronkenlappen, tot slot wat improviseerden; met een losheid die alleen maar mogelijk was doordat ze zo verschrikkelijk moe waren, brachten ze de prachtigste melodieën voort, die ze nooit meer zouden reproduceren en waarvan ze wisten dat ze die nooit meer zouden kunnen reproduceren, wat precies de reden was dat ze speelden alsof achter elke noot de dood school. Angela zweefde. Rama danste aan haar arm, al even dronken, etherisch, mooi en onaantastbaar. Ik keek hoe ze voor me uit liepen, aaneengeklonken als twee gouden ringen; ze wankelden en bij elke pas die ze zetten, leek het alsof ze zouden omvallen en tegelijkertijd alsof ze zo konden wegvliegen. Over een paar uur zou ik de enige man op aarde zijn die zich herinnerde dat ze op dat moment zo mooi waren geweest, en dat vervulde me van een diepe weemoed. Het was fris. We waren vlak bij de zee. We konden het geluid van de golven zo duidelijk horen dat ik bij elke straathoek had kunnen zweren dat de Atlantische Oceaan ons er opwachtte, klaar om ons naar verre oorden mee te voeren.

'*So?*' vroeg Angela na een paar minuten lopen. 'Kom je mee? Ik woon daar.' Ze wees naar de volgende straat.

We bleven staan. Ze keken me allebei aan met een glimlach die op een uitnodiging leek. Maar wat ik op hun gezicht zag, behoorde alleen hun toe. Ik kon er geen toegang toe krijgen. Ik was er dichtbij maar stond erbuiten. Ze waren als het doek van een groot kunstenaar, puur en sober – *twee vrouwen aan het eind van de nacht* –, een meesterwerk, en ik, ik was slechts een toeschouwer die het bekeek, verpletterd door de pracht van dit levende schilderij. Het leed geen twijfel dat ik de betovering ervan zou hebben verbroken als ik ze was gevolgd, als ik had geprobeerd dit schilderij binnen te gaan. Niet dat ik niet waanzinnig naar ze verlangde, maar door hun harmonie met mijn lompe begeerte te verstoren zou ik de wereld een stuk lelijker hebben gemaakt. Ik zoende ze allebei, langdurig, eerst Rama, daarna Angela; vervolgens begaf ik me zwijgend op weg naar huis.

Terwijl ik wegliep, hoorde ik Angela's stem: '*Well*, hij is *special*, die vriend van jou. *Love him.* Maar hij is ervandoor. Nu zijn we alleen. Kom!'

En terwijl ik huiswaarts keerde door de straatjes van de hoofdstad, waar de schaduwen van de eerste straatventers versmolten met die van de laatste hoeren – vervloekt en tersluiks begeerd door de gelovigen die zich opmaakten voor de *fajr*[*] –, galmden de lachsalvo's na die ze hadden afgevuurd toen ze in de donkere straat verdwenen: de lichte, kristalheldere lach van Rama en de donkere, sensuele lach van Angela, die allebei even begeerlijk klonken, allebei overliepen van pure begeerte, en me in het ochtendgloren om de oren sloegen als de zwepen van Xerxes op de Egeïsche Zee. Het hele stuk naar huis zag ik het beeld voor me van hun twee naakte lichamen, uitgeput na het liefdesspel, ingeslapen en volkomen vredig, als in afwachting van een gelukzalige dood.

---

[*] In de islam het eerste gebed van de dag, bij zonsopkomst.

10

Mijn hervonden hypocrisie bleef hierna onverminderd sterk. Ik ging die vrijdag opnieuw naar de moskee. De dag ervoor had mijn vader me, ondanks de wat onaangename manier waarop we de laatste keer uiteen waren gegaan, verteld dat El Hadj Abou Moustapha Ibn Khaliloulah 'Al Qayyum' terug was en dat deze de gelovigen had opgeroepen massaal naar het vrijdaggebed te komen, omdat hij een uiterst belangrijke mededeling zou gaan doen.

'Al Qayyum' was en bleef de grote religieuze autoriteit in de wijk. Als hij dat vroeg, kwam iedereen. Bovendien ging het gerucht dat hij wilde reageren op de vorige preek, die van mijn vader.

Hij verscheen.

Hij leek uitgeput, volkomen afgepeigerd. Zijn gezicht was overschaduwd door het silhouet van een duistere engel die reeds zijn zwarte vleugels spreidde. Zijn ogen, ooit zo fel en hard, waren dof. Het was alsof het vuur in de oven van een oud fornuis een laatste maal knetterde. Toch had hij nog voldoende kracht om zich voort te bewegen, zij het moeizaam en aan één kant discreet ondersteund door een van zijn kamerheren. Hij nam plaats op de preekstoel vanwaaraf hij veertig jaar lang als heer en meester de scepter had gezwaaid. Hij maakte aanstalten om aan de preek te beginnen. Op dat moment kwam er een kale man (zijn kaalheid was wanstaltig lelijk) met een groot, lang gezicht en een dommige blik naast, of eigenlijk iets achter 'Al Qayyum' zitten. Ik besefte onmiddellijk wie die man was en wat hij daar deed: hij was een *jotalikat*.

Vreemde figuren, eigenlijk, die jotalikats. Ik heb ze altijd fascinerend gevonden. Jotalikat zou ik letterlijk kunnen vertalen met 'overbrenger' of 'overdrager'. Wat draagt hij over? Wat brengt hij over? Een boodschap die in eerste instantie niet hoorbaar is, waarvan het geluidsvolume zo zwak is dat je het van een afstand niet op kunt vangen. Meer nog dan alleen maar overdragers zijn jotalikats geluidsversterkers, menselijke luidsprekers, spreekbuizen. Een merkwaardige taak, waar ze zich echter op integere wijze en, zoals we zullen zien, zelfs met enig talent van kwijten. Jotalikats staan regelmatig religieuze (of politieke) hoogwaardigheidsbekleders bij wanneer deze moe, verzwakt, te oud of ziek zijn, maar toch een openbare redevoering moeten houden op plekken met minder dan ideale akoestische omstandigheden. Om ervoor te zorgen dat alle aanwezigen hen goed kunnen horen, bedienen deze hoogwaardigheidsbekleders zich van hun trouwe tussenpersonen, die de opdracht hebben hun woorden en hun waarheid over te brengen. Enige aanstellerij hierbij is de gezagdragers niet vreemd. Je moet eens zien hoe de maraboet in zijn weelderige gewaad achteloos, met een diepzinnig en tegelijkertijd enigszins misprijzend air het hoofd naar het direct alerte oor van de jotalikat buigt en hem nonchalant een paar woorden toefluistert. Dat heeft iets amusants, doet denken aan het gedrag van een oude alleenheerser.

Vervolgens begint de jotalikat met zijn overdracht. Ik zeg nadrukkelijk 'overdracht', want de jotalikat zegt niet na: hoewel het er soms alle schijn van heeft, is hij geen papegaai; wat hij herhaalt is geen gedachteloze napraterij. Zeker niet: de jotalikat is een griot zonder het talent van de verteller, een onvolleerd meester van het woord, een gefrustreerde tweederangsdichter. Ooit was het zijn droom een taalvirtuoos te worden, maar hij is helaas slechts een jotalikat; hij had de roem van de auteur willen smaken, maar heeft helaas slechts recht op de nederige rol van spreekbuis achter de coulissen. De tragedie van een in de knop gebroken artistieke toekomst. Toch is de jotalikat niet helemaal van talent gespeend: hij heeft beslist een gave, maar die is niet zo groot dat hij ooit een erkende communicator kan worden. En dus oefent hij wat hij aan taalkunstig talent bezit maar uit in zijn beroep van jotalikat. In plaats van de woorden van de maraboet alleen maar te herhalen, versiert, verrijkt, verfraait hij ze. Als gemankeerd redenaar permitteert de jotalikat zich in zijn vertolking van het oorspronkelijke betoog van de Machtige retorische vrijheden, soms verrassend vrijmoedig, maar uiteraard altijd binnen het redelijke. Als meester in de hyperbolen kan de jotalikat overdrijven, als litotesspecialist weet hij te zinspelen; hij verlucht, verheldert, verlengt, laat zinnen de vrije loop. Waar de maraboet waarschuwt, dondert en dreigt de jotalikat; waar de een raad geeft en aanbevelingen doet, dwingt en beveelt de ander. De overdracht is de gelegenheid voor de jotalikat om zich af te reageren: het is zijn dichterlijke genoegdoening, zijn wraak voor een hondenleven. Per slot van rekening is de jotalikat van het grootste belang in onze traditionele communicatiesystemen: via zijn mond komt het woord van de monarch, de maraboet, de hoogwaardigheidsbekleder volledig tot uiting, vindt het in de oren van zijn onderdanen of gelovigen zijn vervolmaking als het Woord.

'Al Qayyum' boog een beetje naar links, waar de jotalikat al klaarzat. Vanaf mijn plek kon ik de woorden van El Hadj Abou Moustapha maar nauwelijks opvangen. Maar zijn jotalikat nam het op zich om ze te laten schallen.

'Ik groet elke man hier aanwezig bij (onverstaanbaar)... Ik prijs me gelukkig te (onverstaanbaar) dat uw gebeden me hebben geholpen,' zei El Hadj Abou Moustapha.

'El Hadj Abou Moustapha Ibn Khaliloulah "Al Qayyum" zei dat hij, na dank te hebben gezegd aan God en aan zijn profeet Mohammadou Rassoulalah, u allen, man, vrouw, kind, oudere, groet bij uw naam en uw voornaam. Hij zei dat hij zielsgelukkig was u hier in groten getale terug te zien en hij wil u ervoor danken dat u aan zijn oproep gehoor hebt gegeven. Hij biedt zijn diepste verontschuldigingen aan voor het feit dat hij vorige week vrijdag niet heeft kunnen voorgaan in gebed. Zoals u weet, was hij een beetje ziek, maar hij is ervan overtuigd dat uw gebeden hem zeer hebben geholpen,' sprak de jotalikat.

'Ik ben nog steeds een beetje ziek, maar (...) om over iets te spreken waarover El Hadj Majmout Gueye toen sprak (...) is mij verteld,' zei El Hadj Abou Moustapha.

'El Hadj Abou Moustapha Ibn Khaliloulah "Al Qayyum" zei dat hij zich nog lichtelijk onwel voelt, dat hij nog altijd last heeft van zijn borst, maar dat hij vandaag beslist bij ons wilde zijn. Gelukkig hebben de artsen hem toestemming gegeven om zijn huis te verlaten, en dat is maar goed ook, want hij zou het graag hebben over een onderwerp dat de imam van vorige week, El Hadj Majmout Gueye, in zijn preek heeft aangesneden. Zijn boodschap is overgebracht aan "Al Qayyum". Hij wil daar opnieuw over spreken,' zei de jotalikat.

'Dat onderwerp betreft de homoseksuelen,' zei 'Al Qayyum'.

'Dit ernstige onderwerp, dat ons als moslims, als Senegalezen, als slaven van de Heer allemaal aangaat, is het verschrikkelijke onderwerp betreffende die verderfelijke, door de duivel bezeten wezens: de homoseksuelen,' zei de jotalikat.

'U zult zich allen (hoestbui...) al die afschuwelijke gebeurtenissen wel herinneren die vorig jaar hebben plaatsgevonden. De eerste betrof een huwelijk tussen verschillende mannen...' begon de oude imam.

'El Hadj Abou Moustapha herinnert u eraan, al zal die gebeurtenis u beslist nog helder voor de geest staan, dat een bende homoseksuelen enkele maanden geleden op heterdaad werd betrapt toen ze bezig waren met elkaar te trouwen. Het was een weerzinwekkende bijeenkomst van perverselingen, die de aanzet gaf tot een lange reeks schandalen, gevallen van heiligschennis en gruwelijkheden waarbij homoseksuelen betrokken waren, die bastaarden, dat gedegenereerde ras dat verteerd wordt door wellust, moge God hen laten branden in de hel. Die daden gaan in tegen de natuur, tegen de religieuze zeden en eerbaarheid, tegen de schoonheid en de waarden van de islam. Onze Heer heeft ze dan ook uitdrukkelijk verboden,' sprak de jotalikat.

'Die homoseksuelen hebben geluk gehad, want ze zijn er met een gevangenisstraf van afgekomen. De rechter is te mild geweest. Als de religieuze voorschriften waren gevolgd, die men moet (...) zouden ze ter dood zijn gebracht,' betoogde 'Al Qayyum'.

'El Hadj Abou Moustapha betreurt het dat die duivelse homoseksuelen alleen maar een gevangenisstraf hebben gekregen. Maakte de rechter die hen heeft veroordeeld soms zelf deel uit van de lobby die hun de hand boven het hoofd houdt? Was zijn beslissing om hen naar de gevangenis te sturen niet een list om hun leven te sparen? Want als de voorschriften van de fundamentele islamitische wet waren gevolgd, hadden ze gewoonweg moeten worden gedood. Het onderwerp blijft actueel omdat het vonnis niet streng genoeg was,' bracht de jotalikat over.

'De góor-jigéens moeten uit onze maatschappij worden verdreven. En als ze weigeren te vertrekken, moet men er met geweld (...) opgaan in de stilte van het graf. Ze moeten gewoon uit het leven worden verwijderd. Dat schrijft de sharia voor,' zei de imam.

'Alle homoseksuelen moeten worden gedood!' vatte zijn jotalikat samen.

'Over dit probleem (afschuwelijke hoestbui) is geen discussie mogelijk, geen discussie denkbaar met wie dan ook. Geen medelijden. We moeten zelfs niet voor hen bidden!' sprak de oude man driftig.

'Tegen allen die het idee hebben dat een discussie de oplossing is voor de homoseksuele plaag zegt El Hadj Abou Moustapha dat er geen enkele reden is voor een debat. Ze moeten uit de weg worden geruimd, worden verjaagd! God roept ons moslims daartoe op. Godzijdank is er in de hele geschiedenis van Senegal nooit sprake geweest van homoseksualiteit. Het is iets onwettigs, maar komt niet bij ons vandaan. Het is iets wat wij niet kennen! Ze verdienen zelfs onze gebeden niet.'

'We moeten tot God bidden opdat Hij ons helpt niet

af te dwalen van de weg van het geloof. We moeten extra veel bidden, opdat God ons niet vergeet.'

'We moeten ze allemaal doden!' vatte de jotalikat samen.

'Er staat geschreven dat de toename van het aantal homoseksuelen een van de voortekenen van het einde van de wereld is. In het Westen hebben ze het recht te trouwen. Moslims verdedigen hen. En God zelf, die toch al alles heeft gezien, heeft gezegd (...) veel moslims zullen opstaan om hen te verdedigen en daarmee hun geloof en hun profeet verloochenen. (...) Laten wij niet die goddeloze moslims zijn. Laten wij onze religie, onze waarden, onze tradities verdedigen.'

'Het einde van de wereld laat niet lang meer op zich wachten, mijn moslimbroeders. De homoseksuelen zijn overal. In het Westen hebben ze nu het recht om met elkaar te trouwen. En wat El Hadj Abou Moustapha Ibn Khaliloulah "Al Qayyum" er nog meer van overtuigt dat het einde van de wereld nabij is, is het feit dat moslims, figuren die zich moslim noemen, steeds vaker de góorjigéens verdedigen. Die valse moslims zijn geen haar beter dan de homoseksuelen. Wat zullen zij op de dag des oordeels tegen hun Heer zeggen? Ze zullen naar de hel gaan, samen met hen die zij op aarde hebben verdedigd. Op het moment dat ze de brug van het lot overgaan, zullen ze in het diepe, brandende voorgeborchte van de Grote Vlammenzee storten! Laten wij niet het voorbeeld van die goddelozen, die afvalligen volgen. Laten wij onze waarden, onze religie, onze God verdedigen.'

'Ik dank u,' zei 'Al Qayyum'.

'"Al Qayyum" dankt u,' zei de jotalikat.

'Al Qayyum', die zichtbaar uitgeput was, sprak enkele gebeden, waarna zijn toestand plotseling leek te verslechteren. Er werd een ambulance gebeld, die vanwege de menigte buiten grote moeite had om de moskee te bereiken. De rechtschapen jotalikat moest zich uiteindelijk de microfoon toe-eigenen die de muezzin gebruikte voor de oproep tot gebed, waarin hij op gezaghebbende toon beval de toegang tot de moskee vrij te maken. Begeleid door twee kamerheren werd een zieltogende 'Al Qayyum' in de ambulance gelegd, die vervolgens terugreed naar het Abass Ndao-ziekenhuis. In de algehele chaos was men bijna het gebed zelf vergeten. Ik had dat nog niet bedacht of ik zag Mohammadou Abdallah al met een strenge maar triomfantelijke blik uit de bidnis tevoorschijn komen. Hij ging op de plaats van de imam staan. Ditmaal had El Hadj Abou Moustapha Ibn Khaliloulah hem aangewezen om de gelovigen te leiden.

Op het moment dat we opstonden om te bidden werd ik mijn vader gewaar. Nooit eerder had ik zo'n waardige uitdrukking gezien op het gezicht van een man die toch kort daarvoor publiekelijk was gehekeld en vernederd.

Er werd nog lang gesproken over de ongenade van mijn vader, die steeds meer alleen kwam te staan. Ik had bijna met hem te doen. Wanneer hij zich in het openbaar vertoonde, was hij het mikpunt van spot, opmerkingen, gefluister en vijandige blikken. Zijn oude toeverlaten hadden hem een voor een de rug toegekeerd en het kamp van Mohammadou Abdallah gekozen, die nu de sterke man in de wijk was. Mijn voorheen zo geliefde vader was nu alleen nog de man die had *aanbevolen voor een homoseksueel te bidden*, een man die men verachtte. In de moskee was zijn plek niet meer op de eerste rij, en ook niet op de rijen vlak daarachter: hij was nu een gelovige als alle andere, die opging in de menigte, als hij al een plek vond.

Mohammadou Abdallah, die voortaan voorging in het vrijdaggebed, zei geen woord meer tegen hem en vond in elk van zijn preken wel een gelegenheid om een paar sneren aan zijn adres uit te delen. Mijn vader boog niet het hoofd, zei niets; ik weet niet eens of hij eronder leed. Want gek genoeg leken deze afzondering en uitsluiting zijn geloof te versterken. Soms viel me in zijn blik een soort onbezwaardheid op, alsof de keuze van 'Al Qayyum' een last van zijn schouders had genomen. Hij had bijna iets verhevens in zijn verlatenheid, waar hij een ondoorgrondelijke kalmte aan leek te ontlenen. Wanneer ik hem vroeg hoe hij dat alles beleefde, antwoordde hij dat de enige les die je uit deze geschiedenis moest trekken, was dat een mens hier op aarde niets voorstelde en dat alleen God alles was. Ik weet werkelijk niet wat hij daarmee bedoelde.

Wat ik wel wist, was dat hij die toch zo recht en streng in de leer was, hij die bereid was me met zijn eigen handen, zonder schep of houweel, op te graven als ik homoseksueel was geweest en begraven lag op een islamitische begraafplaats, hij die zo onverbiddelijk was, door anderen werd beschuldigd van een te inschikkelijke, te toegeeflijke houding ten aanzien van homoseksualiteit. Wat een land.

Een paar weken later stierf El Hadj Abou Moustapha Ibn Khaliloulah 'Al Qayyum'. Hij kreeg een grandioze uitvaart. Uiteraard werd Mohammadou Abdallah de nieuwe imam.

11

Ik herinnerde me de 'afschuwelijke gebeurtenissen' waarnaar 'Al Qayyum' tijdens zijn laatste preek had verwezen maar al te goed. Ze hadden zich allemaal in een periode van slechts enkele maanden afgespeeld: een reeks schandalen met homoseksualiteit als verbindende factor.

De eerste gebeurtenis had op 4 maart van het jaar daarvoor plaatsgevonden. Op die dag hadden jongeren in een woonwijk in Dakar een groep mannen betrapt die een bruiloft vierden. De een na de ander was weelderig gekleed een fraai pand binnengegaan. De jongeren waren geïntrigeerd door die opmerkelijke stoet, vooral omdat die mannen allemaal nerveus en haastig het gebouw in waren verdwenen, alsof ze bang waren dat iemand ze zag. Het was direct bij de wijkbewoners opgekomen dat het weleens homoseksuelen konden zijn. De jongeren hadden gewacht tot het donker was, waarna ze zich onaangekondigd toegang verschaften tot de woning die de zo fraai uitgedoste figuren binnen waren gegaan. En volgens hun getuigenissen hadden ze er veertien mannen aangetroffen die een verbintenis vierden. De jongeren hadden niet de tegenwoordigheid van geest gehad om direct de politie te waarschuwen. In hun verontwaardiging en walging hadden ze iedereen afgetuigd. Een van de twee zogenaamde bruidegoms verloor daarbij een oog. Zijn huwelijkspartner sprong uit het raam om aan de lynchpartij te ontkomen en brak beide benen – de woning was op de vierde verdieping. Maar de ongelukkige wist niet dat er beneden een tweede groep jongeren op wacht stond, voor het geval dat sommige homo's zouden proberen het gebouw uit te vluchten. De gewonde man werd zo afgerost dat hij behalve twee gebroken benen daarna ook nog vier gebroken ribben had en zeven tanden kwijt was. De overige bruiloftsgasten liepen allemaal min of meer zware verwondingen op. Een van hen raakte in coma. De anderen werden berecht en veroordeeld tot vijf jaar gevangenisstraf plus een boete van anderhalf miljoen frank elk, 'wegens onzedelijk, tegennatuurlijk gedrag en criminele samenzwering'.

Iets meer dan een maand later volgde er op het huwelijk van de góor-jigéens een nieuw schandaal. Op 13 april maakte een internetter de pers attent op een filmpje op een pornosite waarin twee Senegalese lesbiennes om beurten elkaars poesje likten en hun liefdesspel kracht bijzetten met schunnige uitdrukkingen in het Wolof, de taal van het land. Uiteraard beweerde de surfer het filmpje bij toeval te hebben ontdekt. Hoe dan ook, het ging vervolgens viraal. En aangezien de twee vrouwen zo snugger waren geweest hun gezicht te tonen, ontstond er een ware klopjacht. *Dead or alive.* Er werd een prijs op hun hoofd gezet. Religieuze organisaties loofden beloningen uit aan eenieder die de twee vermaledijde potten kon identificeren of kon helpen hen te identificeren. Er volgden talloze en vaak valse beschuldigingen. Velen beweerden iemand te kennen die iemand kende die het vriendje was geweest van de oudere zus van een van de jonge vrouwen. De ene na de andere willekeurige arrestatie werd verricht. En als een vrouw zo onbeschaamd was om op een van de verdachten te lijken, veranderde haar leven in een hel. Zo ontstonden er betreurenswaardige misverstanden. Een tiental dubbelgangsters van de twee zondaressen belandde achter de tralies of in ziekenhuisbedden. De twee vrouwen uit het filmpje werden nooit gevonden. Nadat er een paar weken lang op hen was gejaagd, werd bekend dat ze, zodra ze erachter waren gekomen dat hun filmpje 'toevallig' door een onschuldige internetter was ontdekt, het land hadden weten te ontvluchten.

Op 29 mei verscheen een foto waarop een beroemde jonge zanger – een nieuwe, zeer modebewuste en stijlvolle popster – een bijzonder chique tas van een duur merk droeg, die ongelukkigerwijs veel weg had van een damestas. Op de onzinnige debatten over het geslacht van de tas (vrouwelijk? mannelijk? onzijdig? transgender?) volgde al snel een verschrikkelijke verdenking: zou het kunnen zijn dat de overigens bijzonder knappe zanger, de lieveling van alle vrouwen van het land, homoseksueel was? Men begon de teksten van zijn nummers te ontleden om er een verkapte boodschap in op te sporen, een verborgen teken dat zijn góor-jigéenschap zou bevestigen. Zijn poses werden door deskundigen geanalyseerd. Het werd een politieke kwestie. Bekende personen spraken zich uit. Zijn vrouw (want hij was getrouwd) gaf een televisie-interview, waarin ze verzekerde dat haar man nog volledig in het bezit was van zijn mannelijkheid, dat hij een vent was, een echte potente kerel, met grote ballen en een staaf gegoten koper van zeker achttien centimeter tussen zijn benen. Maar dat was niet genoeg om de verdenkingen weg te nemen. Er werden protestmarsen en demonstraties gehouden. Men eiste de waarheid over die tas. Men wierp de zanger voor de voeten dat hij te verwijfd was om eerlijk te kunnen zijn. Hij was net op tournee toen het schandaal losbarstte, en zag zich gedwongen die af te breken en in allerijl terug te keren. Hij moest tekst en uitleg geven. Dat deed hij op tv, tijdens een speciale uitzending die alle kijkcijferrecords verbrak. Die avond zwoer de zanger op een voor de gelegenheid meegebrachte koran, dat hij niet homoseksueel was en dat hij die vloek niemand zou toewensen. En om een eind te maken aan de discussie verbrandde hij vervolgens ten overstaan van miljoenen kijkers symbolisch de tas waarmee de hele affaire was begonnen. Dat gebaar was als een offer waarmee al het door deze geschiedenis opgeroepen geweld werd bezworen, uitgedreven, goedgemaakt.

Daarna was het even een paar maanden rustig, maar op 18 september onthulde een schandaalblad, met foto's als bewijs, dat de populairste commentator van het land in zijn kantoor was betrapt tijdens een vrijpartij met een veertienjarige straatjongen. De journalist werd direct naar de gevangenis gestuurd, maar wat het publiek het meest had geschokt was niet zozeer het feit dat hij zich schuldig had gemaakt aan pedofilie, maar dat hij een homoseksuele daad had begaan (ooit kwam dat op hetzelfde neer, maar dat is een ander verhaal...). Dat hij door omkoping of met een list een minderjarige in nood had gedwongen seks met hem te hebben was ernstig, maar dat vond men tot daaraan toe: de lichamen van die jonge *talibés** die dak-

---

* Kinderen die in Senegal voor Koranstudie aan de zorgen van een meester worden toevertrouwd, maar vaak door hem worden uitgebuit. Om te overleven of in het levensonderhoud van hun meester te voorzien bedelen ze op straat, blootgesteld aan de onveiligheid en het geweld van de stad.

loos waren en aan hun lot overgelaten door de straten van het land ronddoolden, moesten toch ergens voor dienen. Maar dat hij een man had geneukt, dat was onvergeeflijk. Men leek het slachtoffer in de eerste plaats als een man te beschouwen, nog voordat men besefte dat die man een kind was. Door het slijk gehaald en in de steek gelaten door al zijn vrienden, crepeerde de journalist, de gevallen vedette, als een hond in zijn cel, ziek, eenzaam, beschaamd en wanhopig. Er werd gewacht tot hij dood was, waarna het verlies werd betreurd van een scherpzinnige, briljante geest die een misstap had begaan. Over de jongen wiens leven was verwoest, werd nauwelijks gesproken.

Toen er vervolgens maandenlang geen nieuwe incidenten plaatsvonden en men begon te geloven dat er een eind was gekomen aan de reeks schandalen, was er tot slot nog de zaak rond een jonge, op dat moment populaire schrijver met wie ik weinig ophad (ik had een hekel aan zijn al te klassieke, logge en soms gekunstelde stijl en ik hield niet van zijn persoonlijkheid, van zijn arrogantie en pretentie, die hij verborg achter valse bescheidenheid en een berekenend soort sereniteit). Die jonge schrijver publiceerde een roman waarin hij een man opvoerde die werd gekweld door ontluikende homoseksuele gevoelens. De literaire kritiek had geen goed woord over voor het boek en betitelde het als slecht (dat was het ook), vulgair en vooral moreel gevaarlijk. De jonge schrijver probeerde nog uit te leggen dat het niet zijn bedoeling was om homoseksuelen te verdedigen, maar dat hij had gepoogd te analyseren wat zich in hun hoofd en lichaam afspeelde. Hij betoogde dat het hem alleen te doen was om de literaire ervaring en om wat hij daarmee over de mensheid kon leren. Hij schreeuwde van de daken dat het een roman was, fictie, Literatuur en geen feitelijke waarheid. Hij bleef erop hameren dat de 'ik' van de verteller niet zijn 'ik' was, die van de auteur. Dat kon hij allemaal wel beweren, maar niemand geloofde hem. Hij werd ervan beschuldigd in dienst te zijn van westerse lobbyisten die hem royaal hadden betaald om de góorjigéens te verdedigen, maar bovendien werd beweerd dat hijzelf een notoire homo was (eerlijk gezegd kwam hij ook een beetje zo over) die er met zijn overigens middelmatige boeken op uit was de jeugd te bederven. Hij kreeg er ongenadig van langs. De jonge schrijver was er kapot van. Daarna schreef hij een klein, heel persoonlijk boekje, waarin hij uitlegde dat hij altijd had geweten dat hij voor de literatuur zou leven en sterven; een paar dagen nadat dit was verschenen, pleegde hij zelfmoord. Net als de held had gedaan, overigens, in de roman die tot al die kritiek en beschuldigingen had geleid. Sommigen waren van mening dat die overeenkomst tussen het lot van de auteur en dat van zijn homoseksuele personage de theorie over de geaardheid van de jonge schrijver bevestigde. Het tragische is dat zelfs dat laatste boekje, waarmee de jeugdige romancier natuurlijk een ernstig en mooi werk voor ogen had, wat mij betreft nogal zwak en nodeloos hoogdravend was.

Sinds die laatste affaire had ik niets noemenswaardigs meer over homo's vernomen, totdat het filmpje van de opgegraven man opdook.

12

Angela had gelijk: Samba Awa Niang was een geval apart in dit land. Een uitzondering. Ik begreep niet dat Samba Awa Niang in een overwegend islamitisch land als het onze, waar homoseksuelen van het maatschappelijk leven – en soms van het leven tout court – waren uitgesloten, werd gespaard en zelfs gewaardeerd, terwijl iedereen wist dat hij een góor-jigéen was. Sama Awa vormde het onwaarschijnlijke en toch onmiskenbare convergentiepunt waarin de sterkste drijfveer voor volkswoede en de meest zichtbare uiting van volksverering bijeenkwamen. Hij belichaamde precies dat wat de Senegalezen het meest waardeerden – kleurrijke figuren, toonbeelden van de plaatselijke folklore – en wat ze waarschijnlijk het meest verafschuwden – de góor-jigéens. Ik wist niet hoe deze combinatie mogelijk was, en dat zat me dwars.

Ikzelf had Samba Awa uiteindelijk als góor-jigéen geaccepteerd. Ik had hem uiteindelijk een plek gegeven in het culturele landschap en in de normale werkelijkheid. Hij was er gewoon: hij was een vertrouwde figuur. Zolang ik me kon herinneren, had ik hem trouwens altijd op die manier gekend: als iemand die enerzijds opgezadeld was met zijn homoseksuele reputatie (die hij trouwens op geen enkele manier trachtte te verloochenen) en die zich tegelijkertijd kon koesteren in een zekere publieke verering. Je zou bijna geloven dat hij al dat succes aan zijn homoseksualiteit te danken had.

Ik was ontzettend blij dat Angela me de kans had gegeven hem te ontmoeten. Ik had heel wat vragen voor hem.

Ik wist dat Samba Awa Niang een en al gerucht was: er was niets over hem bekend, maar iedereen meende vrijwel alles over hem te weten. Daarbij moet gezegd dat Samba Awa zelf er een raadselachtig genoegen in leek te scheppen om de praatjes over hem op hun beloop te laten of ze te voeden. De beroemde minnaars die hij erop na zou houden, de gunsten die hem naar verluidde door vooraanstaande personen werden verleend (ik heb hier en daar horen zeggen dat hij de bescherming genoot van de ambassadeur van een grote westerse mogendheid), de liederlijke strapatsen waarvan hij de aanstichter was, de schandalen waarover men begon zodra zijn naam viel (hij zou een keer zijn aangetroffen in het bed van een hooggeplaatste geestelijke gezagsdrager), al die roddels ontlokten hem geen enkele reactie: hij bevestigde niets, ontkende niets. En zo denderden de geruchten maar door. Samba Awa gebruikte ze als een troef om zowel de geheimzinnigheid rond zijn privéleven als de uitbundigheid van zijn publieke imago te cultiveren.

Deze discrepantie tussen zijn privéleven en publieke optreden kon de Senegalezen trouwens geen moer schelen. In hun ogen stonden die werelden niet los van elkaar. Wat ze met zekerheid wisten over Samba Awa – dat hij met veel talent *tàanbéers*,* sabars, muziekoptredens en andere folkloristische feestelijkheden verzorgde en dat

* Folkloristisch evenement in Senegal. Variant van de sabar.

hij de schandelijke reputatie van een homoseksueel had – was hun genoeg. Als hij zich ten overstaan van iedereen als een homo gedroeg, dan was hij privé vast ook een homo, aangezien een man hier alleen maar doet zoals hij is.

Dit had de volgende consequentie: ook al was iedereen in staat me anekdotes van horen zeggen te vertellen, niemand wist wie Samba Awa werkelijk was zodra hij de danskring verliet. En waarom zouden ze ook? Hij was maar een homo: hij zou wel leven zoals homo's leven.

Het adres dat Angela me had gegeven was in de wijk Le Plateau. Ik ging er op een zondagavond heen, zoals ze me had aangeraden.

Knusse sfeer. Zacht, getemperd licht. De silhouetten van stelletjes, groepjes vrienden, mensen alleen. De aangename akkoorden van een onzichtbare kora. Beschaafd gefluister. Nadat ik de hele zaal door was gelopen (ik zag Samba Awa nergens), ging ik aan een tafeltje zitten in een hoek bij de ingang en bestelde wat te drinken. Een uur later kwam Samba Awa binnen. Ik herkende hem niet meteen, want hij had niets van de man die een paar weken eerder gekleed in een jurk een obscene danswedstrijd had georganiseerd. Maar nadat ik hem een hele tijd goed had bekeken – ik had het geluk dat hij aan een tafeltje vlak bij het mijne was komen zitten en ik ondanks de gedempte verlichting zijn gezicht goed kon onderscheiden – herkende ik uiteindelijk zijn ware gelaatstrekken die tijdens zijn optredens verscholen gingen achter de overdaad aan make-up die hij droeg. Hij was elegant, bijna voornaam gekleed in een indrukwekkende driedelige witte boubou van een kostbare stof die ruiste bij elke beweging.

Zonder dat hem ook maar iets was gevraagd, werd hem een blad met wat kleine gerechten gebracht: hij was een stamgast van deze bar. Ik bleef hem nog een hele tijd observeren. Zijn bewegingen waren langzaam maar precies, op geen enkel moment onbeheerst. En zijn gezicht, dat was een van de treurigste die ik ooit heb gezien. Wat ik daar voor me zag was een toonbeeld van elegante, eenzame melancholie, en het vormde een schril contrast met de herinnering aan de sabar.

'Je zit al naar me te kijken sinds ik binnenkwam, jongeman. Kan ik je helpen?'

Ik was zo gefascineerd door zijn intense gelaatsuitdrukking dat ik niet had gemerkt dat hij me gadesloeg. Ik was te beduusd om iets te zeggen.

'Je hebt me duidelijk herkend,' vervolgde Samba Awa. 'Ja, ik ben Samba Awa Niang. Je kunt bij me komen zitten, als je wilt,' zei hij, en hij wees naar de stoel tegenover hem.

Ik was eerst verrast door de uitnodiging en daarna voelde ik lichte paniek. Een paar seconden was ik te verbouwereerd om te besluiten of ik moest ingaan op deze onverhoopte kans om met hem te praten of dat ik er beter aan deed zijn voorstel af te slaan en me uit de voeten te maken.

'Maak je geen zorgen,' zei Samba Awa met kalme, ernstige stem, alsof hij mijn ontreddering had opgemerkt, 'ik lok je niet mijn bed in...'

De opluchting stond vast op mijn gezicht te lezen.

'...tenminste, niet vanavond,' ging hij verder.

Hij glimlachte voor het eerst. Het was niet die ondeugende, hooghartige glimlach die de menigte tijdens de sabar van hun god verlangde, maar eerder die van een vermoeide man die het niet meer gewend was zijn mond zo te plooien. Dat had iets aandoenlijks. Ik stond op en kwam aan zijn tafel zitten.

Van dichterbij fascineerde Samba Awa Niangs gezicht me nog meer: het was het getekende gelaat van een oudere man, waarin de pijn in al zijn waardigheid, zijn stille waardigheid besloten lag.

'Ben je journalist?'

'Nee,' antwoordde ik.

'Des te beter.'

Hij zweeg. De kora speelde nog steeds voor de, met ons meegeteld, zes of zeven overgebleven gasten in de bar.

'Ik ben geen journalist. Maar ik ben hiernaartoe gekomen om u te ontmoeten en om u een paar vragen te stellen. Ik ben een vriend van Angela... Angela Green-Diop.'

'Ah, mijn lieve vriendin... Nou, dan denk ik dat ik je wel kan vertrouwen.'

'Maar ik zou het ook volkomen begrijpen als u geen zin hebt om met me te praten.'

Samba Awa sloeg me op zijn beurt een hele poos gade. Er was een vreemde uitdrukking op zijn gezicht verschenen: geen wantrouwen, ook geen spot, eerder een soort erkentelijke nieuwsgierigheid, alsof ik de eerste was in lange tijd die hem zo oprecht tegemoet trad.

'Ik mag jou wel,' sprak hij na een tijdje bedachtzaam. 'Misschien dat ik je vanavond toch maar mijn bed in lok.'

Deze keer was ik het die moest glimlachen. Ik voelde me verrassend ontspannen. Een stelletje liep de bar uit. Samba Awa zweeg, alsof hij opging in de muziek. Maar ik wist dat hij wachtte totdat ik iets zou zeggen, en dat alleen zijn fatsoen hem ervan weerhield te vragen wat ik nou eigenlijk wilde. Ik stak van wal: 'Een paar weken geleden heb ik een sabar bijgewoond. Er werd zo'n stoelendans gehouden,' begon ik, zonder precies te weten waarom ik dat erbij vermeldde. 'U was heel goed. Iedereen was dolenthousiast.'

'Dank je, maar ik deed gewoon mijn werk.'

'Ik zou willen weten,' ging ik een beetje aarzelend verder, 'ik zou willen weten waarom iedereen zo gek op u is...'

'Waarschijnlijk omdat ik mijn werk goed doe, zou ik zeggen.'

'Ja, dat is zo, maar...' Ik zweeg even om de juiste woorden te vinden. 'U doet uw werk inderdaad fantastisch, maar ik bedoelde: waarom ben u zo geliefd terwijl iedereen weet dat u... nou ja, dat u...'

Ik wist niet hoe ik de zin moest afmaken. Ik voelde me niet zozeer geremd door angst als wel door het respect, het mededogen dat ik plotseling voor deze man voelde.

'...terwijl ik homoseksueel ben,' besloot hij zachtjes.

Ik gaf geen antwoord. Mijn keel kneep samen. Samba Awa begreep natuurlijk wel dat mijn zwijgen ja betekende.

Hij boog het hoofd en bleef een tijd zo zitten. Ik was bang dat ik hem had beledigd, maar net toen ik me wilde verontschuldigen, keek hij weer op en staarde me recht in de ogen.

'Ik ben niet homoseksueel. Ik heb nog nooit van mijn leven seks met een man gehad. Ik ben getrouwd geweest met een vrouw, ben nu gescheiden en heb twee kinderen.'

Ik liet niets merken van mijn verbijstering. Samba Awa vervolgde: 'Je zult het wel moeilijk kunnen geloven. Samba Awa Niang, 's lands beroemdste homo, zou geen homo zijn en zou kinderen hebben... En toch is het gewoon zo. Ik ben geen homo. Ik ben een travestiet... Ik ken alle termen. Toen ik besefte hoe het zat met mij, ontkwam ik er niet aan om erover te gaan lezen. Ik heb een master in seksuele sociologie.'

Ik keek hem stomverbaasd aan.

'Ja, ik heb gestudeerd en de academische wereld al lang geleden de rug toegekeerd om de Samba Awa Niang te worden die iedereen nu kent. Ik ken alle termen voor alle vormen van seksualiteit. Maar in dit land heb je niets aan die technische taal.'

Ik zweeg, volkomen in verwarring. Samba Awa ging door met zijn uitleg. Hij sprak langzaam, articuleerde elke lettergreep even duidelijk. Ik besefte dat die helderheid niet voortkwam uit een innerlijke kalmte, maar uit een diepe wanhoop die hij slechts met behulp van een enorme zelfbeheersing wist te onderdrukken. Het was duidelijk dat het pijnlijk voor hem was om over deze dingen te praten.

'Het woord góor-jigéen is problematisch. Het betekent letterlijk "man-vrouw", zoals je weet. Maar wat is dat, een man-vrouw? Niets en tegelijkertijd alles. Het woord góor-jigéen is een kapstok voor elke seksuele identiteit die afwijkt van de heteroseksuele norm. En dus word ik góor-jigéen genoemd, de term die hier gebruikt wordt voor homoseksuelen, transseksuelen, biseksuelen, hermafrodieten en zelfs mannen die een beetje vrouwelijk overkomen of mensen met een androgyn voorkomen. Dat ik een góor-jigéen ben, is het gevolg van verkeerd en onzorgvuldig taalgebruik. Als je in dit land niet heteroseksueel bent, ben je een góor-jigéen. Er is geen plaats voor iets anders, voor al die andere vormen van seksualiteit die toch door heel veel mannen en vrouwen wordt beleefd. Ik ken er in elk geval heel veel.'

'En dat vindt u verontrustend?'

'Ik kan morgen worden vermoord wegens iets wat ik

niet ben, maar wat men mij toedicht vanwege een woord of een gerucht. Dus dat vind ik een beetje verontrustend, ja. Maar ik ben steeds minder bang voor de dood. Veel mensen die ik heb gekend zijn dood doordat ze ervan werden beschuldigd góor-jigéen te zijn, zelfs als ze alleen maar vrouwelijk waren in hun manier van doen. In seksueel opzicht ben ik geen homo.'

'Maar...' begon ik.

'Ja,' kapte hij me meteen af. 'Ik heb, denk ik, geen antwoord gegeven op je vraag. Waarom ben ik zo geliefd, terwijl ik word aangezien voor een homo?'

Hij zweeg een moment en haalde diep adem.

'Ik weet eerlijk gezegd niet goed wat ik daarop moet antwoorden,' hernam hij. 'Ik weet het niet. Ik zal je eerlijk zeggen dat ik elke keer dat ik aan een of andere sabar meedoe, weet dat het mijn dood kan worden. Als ze maar even vergeten dat ik het feest presenteer, als ik er maar een moment niet in slaag de toeschouwers te boeien, zouden ze me kunnen aanvallen en vermoorden. Mijn leven hangt aan een zijden draadje. Bij elk openbaar optreden zet ik het op het spel. Elke keer dat ik me buiten begeef, kan de laatste zijn. Daarom probeer ik mijn werk zo goed te doen. Ik leg er mijn ziel en zaligheid in. Ik steek veel werk in mijn taasu, mijn uiterlijk, mijn pruiken, de choreografie. Alles is tot in de puntjes verzorgd. Misschien is dat wat me in leven houdt. Maar er is nog iets: mijn optredens zijn een spel, ik maak in zekere zin een spektakel van mezelf. Ik speel iemand anders, een personage: dat is het hele idee achter travestie. De toeschouwers geloven dat ik een rol speel, wat ze doet vergeten dat ik een góor-jigéen ben. Ze vinden misschien dat ik het personage overdrijf. Dat is wat me ook beschermt, denk ik. Ik verschijn nooit als góor-jigéen, maar als iemand die een góor-jigéen speelt. Toch kan die illusie op een dag zomaar vervlogen zijn. En komt de waarheid aan het licht. Voor de maatschappelijke inquisitie blijft niets verborgen. Op die dag zal de meute bloed ruiken en gaat mijn kop eraf.'

Samba Awa zweeg. Ikzelf was ook stil, niet in staat mijn gedachten in toom te houden, waarin na deze tirade duizend vragen over elkaar heen buitelden. We waren inmiddels de enige gasten; zonder dat ik het had gemerkt, was de kora stilgevallen; even verderop was een serveerster een tafel aan het schoonmaken. Ik had mijn antwoord, maar daar wilde ik weer allerlei andere dingen over weten.

'De geruchten kloppen dus niet?'

Van alle vragen die me op de lippen brandden, wist ik alleen deze ene treurige in woorden te vatten. Samba Awa Niang vertrok zijn mond tot een glimlach, minder droevig deze keer.

'Geen van alle,' zei hij. 'Behalve het gerucht over die hoge morele gezagsdrager, al wordt dat overdreven.'

'Is dat dan waar?' vroeg ik, zonder mijn plotselinge honger naar roddels te kunnen verbergen.

'Hem heb ik een keer gezien, ja. We hebben elkaar op deze plek ontmoet: hij had behoefte aan een vertrouwenspersoon omdat hij de drang voelde zich als vrouw te kleden en vreesde te worden verstoten als hij daaraan toegaf, vooral in het wereldje waarin hij verkeerde. Hij heeft me spontaan opgezocht en ik heb hem raad gegeven. Helaas voor hem waren er die dag veel gasten en heeft iemand ons herkend. Zo is dat gerucht ontstaan. Alle andere kloppen niet: ik heb nooit relaties met mannen gehad. Ik vind het trouwens amusant om te zien hoe mannelijke politici in de aanloop naar nieuwe verkiezingen hun tegenstanders altijd in diskrediet proberen te brengen door ze ervan te beschuldigen met mij het bed te hebben gedeeld. Zo heb ik langzamerhand met alle regeringsleden geslapen en met bijna alle leden van de oppositie. Als je op dat gerucht afgaat, moet ik zeggen dat ik nauwelijks morele waarden of politieke overtuigingen lijk te hebben...'

'Maar u zei net dat u getrouwd bent geweest,' hernam ik, 'en dat u kinderen hebt...'

'Ja. Die wonen bij hun moeder.'

'Ziet u ze nog wel?'

'Niet meer. Ik kan ze de schande van mijn reputatie niet aandoen. Ik weet zelfs niet zeker of ze een vader zouden willen die alleen maar travestiet is. Dat was ook waarom hun moeder me heeft verlaten... Ik stuur elke maand geld. Dat is de enige band die ik nog met ze heb. Ik wil ze niet meer zien, zelfs niet in het geheim. Dat zou ik niet aankunnen, hoezeer ik er ook naar hunker.'

Hoewel zijn stem trilde, veranderde er niets aan de stoïcijnse, uiterst waardige uitdrukking op zijn gezicht.

'Maak je niet druk om mijn lot, jonge vriend. Dat van anderen is tragischer. Heb je dat filmpje gezien van die man, die vermeende homo, die ze hebben opgegraven? Sommige mensen krijgen niet eens de gelegenheid om een keuze te maken, laat staan daarvoor uit te komen. Ikzelf besloot me te blijven verkleden toen mijn vrouw me sommeerde te kiezen: travestie of gezin.'

'Maar waarom hebt u er eigenlijk voor gekozen u als vrouw te verkleden?'

'Waarom ik dat de eerste keer heb gedaan, kan ik je niet vertellen. Maar het is een innerlijke behoefte, het enige moment waarop ik het gevoel heb echt te leven. Het is mijn vrijheid. Een vrijheid die mijn dood kan worden, die op een dag zeker mijn dood zal worden, maar het is mijn vrijheid. Mijn verhaal staat niet op zichzelf. Er zijn veel man-vrouwen die het, in het verborgene, veel moeilijker hebben.'

Op dat moment kwam de serveerster naar ons toe. De bar ging sluiten.

Buiten was het bijna koud. We liepen een tijdje zwijgend naast elkaar. Daarna gaf Samba Awa Niang me met een eenvoudig 'bedankt' een hand. Hij verdween zonder zelfs maar mijn naam te vragen, met nog altijd die weemoedige uitdrukking op zijn gezicht. Ik zal hem misschien nooit meer spreken. Maar bij de volgende sabar die hij presenteert, zal ik er zijn, anoniem in de menigte, en zal ik toekijken hoe hij zijn leven op het spel zet om dat van anderen op te vrolijken. Ik hoef zelfs het verhaal van zijn jeugd niet te horen. Ik voelde geen enkele drang om een reden te vinden voor zijn travestie, noch om na te denken over zijn eenzaamheid en zijn verdriet. Hij had het al moeilijk genoeg zonder dat ik hem nog meer ellende toedichtte. En bovendien had ook ik behoefte aan een denkbeeldige Samba Awa, een onbekende die ik desondanks zonder meer meende te kennen. Ik koos ervoor me hem zonder masker en gelukkig voor te stellen.

13

Zoals afgesproken nam Angela een paar dagen later contact met me op om langs te gaan bij de familie van de opgegraven man. Bijna had ik op het laatste moment afgezegd. Maar ik bedacht me. Dat filmpje spookte al veel te lang door mijn hoofd. Als ik achter de identiteit van die man kwam, zou ik eindelijk weer wat innerlijke rust kunnen vinden. Bovendien had Angela er alles aan gedaan om deze ontmoeting mogelijk te maken. Ik moest wel gaan.

Onderweg, in Angela's auto, hadden we een lang gesprek over mijn ontmoeting met Samba Awa. Daarna viel ik stil.

'Je bent diep in gedachten...'

'Nogal, ja.'

'*And what are you thinking about?*'

'Aan niets in het bijzonder... Mijn colleges...'

Angela glimlachte.

'Wat?' vroeg ik.

'Ik zie heus wel dat je liegt. Je denkt niet aan je colleges. *You are fucking scared.* Je ben bang.'

'Bang? Waarvoor? Voor wie?'

'Nou, dat moet jij me maar vertellen. Dit bezoek vind

je griezelig. Je bent bang dat je iets ontdekt wat je angst aanjaagt, of dat je niet vindt wat je hoopt te vinden.'

'Ik begrijp niet wat je bedoelt, Angela.'

'*Well, I don't know if I get it myself...* Ik wilde iets geheimzinnigs zeggen, *I guess.*'

Ze zweeg een moment en zei toen: '*Tell me*, waarom doe je dit?'

'Wat?'

'*All this shit*. Dit allemaal. Waarom ben je zo geïnteresseerd in die opgegraven man? Waarom moet je zo nodig weten wie hij was? Rama vertelde me dat het je nog niet zo lang geleden helemaal niets kon schelen. *You didn't give a single fuck. And now*, nou ga je bij hem langs. *Man...* wat is er in de tussentijd gebeurd? *What happened?*'

Dat was natuurlijk de grote vraag, de vraag die ik nog niet onder ogen durfde te zien. De enige vraag die telde. Wat was er vanbinnen veranderd waardoor ik nu geïnteresseerd was in het lot van een onbekende homoseksueel die uit zijn graf was gelicht? Ik was er niet zo zeker van dat ik dat echt wist. Ik kon niet eens het geweld dat homoseksuelen ondergaan als argument aanvoeren, want dat was niets nieuws voor mij: ik had zelf weleens zulk geweld gebruikt, verbaal, overdrachtelijk. Kortgeleden was ik nog net als de meeste Senegalezen: ik verafschuwde homoseksuelen, vond ze een beetje beschamend. Ik walgde van ze, eerlijk gezegd. Misschien deed ik dat nog wel. Die afkeer lag immers zo diep in me verankerd dat de wortels ervan zich misschien wel in de buik van mijn moeder met mijn navelstreng hadden verknoopt. Maar één ding wist ik zeker: ook al walgde ik misschien nog altijd van homoseksuelen, ik kon inmiddels niet meer ontkennen, zoals ik voorheen wel had kunnen doen – en heb gedaan – dat het mensen waren. Dat waren ze. Ze maakten volwaardig deel uit van de mensheid om de eenvoudige reden dat ze deel uitmaakten van de geschiedenis van menselijk geweld. Ik ben altijd van mening geweest dat over de menselijkheid van een mens geen twijfel meer kan bestaan zodra hij de cirkel van geweld betreedt, hetzij als beul, hetzij als slachtoffer, als belager of als belaagde, als moordenaar of als prooi. Dat homoseksuelen mensen zijn als ieder ander is niet omdat ze familie, gevoelens, moeilijkheden, een beroep, kortom een normaal leven hebben met alle kleine vreugden en smarten die daarbij horen: dat ze mensen zijn als ieder ander is omdat ze net zo alleen, net zo kwetsbaar, net zo onbeholpen zijn als ieder ander tegenover de onontkoombaarheid van menselijk geweld. Het zijn echte mensen omdat ze elk moment het risico lopen te worden gedood en aan geweld te worden onderworpen door de menselijke dwaasheid, die zich verschuilt achter een van die talloze perverse maskers waarmee ze zich uit: cultuur, religie, macht, rijkdom, roem... Homoseksuelen zijn onlosmakelijk met de mensheid verbonden omdat de mensheid hen kan doden of uitsluiten. Dat vergeten we maar al te vaak, of we willen er niet aan herinnerd worden: we zijn verbonden met geweld, door geweld met elkaar verbonden, elk moment in staat geweld te gebruiken, elk moment een mogelijk slachtoffer van geweld. En dat we verwant zijn, dat we gelijk zijn, dat we mensen zijn, komt naast al het andere dat ons verbindt ook door dat verbond met metafysisch geweld dat we allemaal in ons dragen. Ik geloof in broederschap op grond van liefde. Ik geloof ook in broederschap op grond van geweld.

De góor-jigéen in het filmpje was opgegraven omdat hij heilige grond bezoedelde. Reinheid was de reden dat ze hem opgroeven. En niet alleen de reinheid van de begraafplaats moest worden behoed, maar ook die van de ziel van alle mannen die hem opgroeven of hielpen hem uit zijn graf te lichten. En alle mensen die het filmpje hadden bekeken en die niets van homoseksualiteit moesten hebben, hadden zich via hen gelouterd. Ook ik had me die eerste keer dat ik het filmpje zag gelouterd gevoeld. Maar ondertussen was er iets veranderd: dat de voorwaarde voor die loutering de ontheiliging, de gewelddadige schending van het lichaam van een ander mens was geweest, vervulde me van schaamte. Het was een schande waarvoor ik boete wilde doen. Misschien...

'Je zegt niets,' merkte Angela op. 'Weet je het echt niet?'

'Nee, Angela. Ik wil er alleen maar achter komen hoe die man heette en eruitzag.'

'Je hoeft niet lang meer te wachten. We zijn er.'

Op dat moment viel het me op dat de wijk waar we waren aan die van Adja Mbène en mijn vader grensde. Angela parkeerde voor een erf met half ingestorte muren waaruit de toegangspoort verdwenen was. De keurige kleine binnenplaats daarachter, met in het midden een grote boom, kon niet verhullen hoe vervallen alles was. Er stond nog maar één huis overeind, dat ondanks de diepe scheuren in de met oeroude verf overdekte muren standhield. Angela klopte op de deur van dit krot. Ergens in de krochten klonk een zwakke stem, als een noodkreet uit een diepe put.

Ik kon haar niet langer dan een paar seconden aankijken. Elke keer dat mijn blik de hare kruiste, was de pijn die ik erin zag onverdraaglijk. Niet alleen haar ogen werden erdoor getekend, maar elke gelaatstrek, elke uitdrukking op haar gezicht, elke beweging van haar lichaam. Voordat ik haar daar in die ellendige, kale kamer op haar bed had zien liggen, zou ik nooit hebben geloofd dat een menselijk lichaam zich, als in een zwart habijt, in zoveel pijn kon hullen. Je hoefde haar maar aan te zien om te begrijpen dat wat zij onderging het heiligst denkbare lijden was.

Ze was een verdwaasde, verwilderde vrouw, niet eens oud, want de tijd gleed langs haar heen, een vrouw verloren in een wereld die ze niet meer begreep, die ze nooit meer zou begrijpen. Toen we haar slaapkamer binnengingen, had ze er zo bij gelegen, met blote voeten, verlamd in een toestand die je niet eens meer lijden kon noemen. Ze had ons verzocht op een mat voor een muur tegenover het bed plaats te nemen, en verontschuldigde zich dat ze ons niets kon aanbieden. Daarna verzonk ze weer in een stilzwijgen dat we niet durfden te doorbreken. Van die put van stilte kende alleen zij de drooggevallen bodem, waar niets anders rest dan eenzaamheid, dorst en het verlangen naar de dood. Rouw is een labyrint; en verscholen in het hart van dat labyrint huist het Monster, de Minotaurus: het verloren wezen. Het glimlacht naar ons; het roept ons; we willen het omarmen. Dat is onmogelijk zonder ook te sterven. Alleen een dode is in staat een dode te omarmen; alleen een schim is in staat een andere schim te omhelzen. In het hart van het labyrint is de Minotaurus slechts een schim, een fantoom, maar zo'n mooi, zo'n waarachtig, zo'n vriendelijk fantoom dat hij ons bijna weet over te halen naar hem toe te komen, omdat hij ons belooft een eind te maken aan het verdriet dat aan ons vreet als we hem volgen, als we ons aan de dood overgeven. En dan moeten we vechten, niet alleen tegen de Minotaurus die ons met zijn ijle hoorns kan verscheuren, maar vooral tegen onszelf, tegen de verleiding onszelf van het leven te beroven. Wat beslist niet betekent dat we ons in plaats daarvan weer in allerijl naar de oppervlakte moeten begeven, de blijmoedige zon tegemoet. We moeten ook strijden tegen de hoop op een direct beschikbaar geluk, daartoe aangezet door die alomtegenwoordige aansporing om weer de weg omhoog te zoeken, *want het leven gaat door*. Laten ze oprotten! Er bestaat geen herstel dat we ons kunnen wensen, geen leven waarvan we de draad weer kunnen opvatten. Weigeren de dood te aanvaarden van degenen die we verloren hebben is het mooiste, het bestendigste monument dat we voor ze kunnen oprichten; ons hullen in ons verdriet, en ook dan weer vechten, niet tegen de pijn, want we zullen altijd pijn blijven voelen om dierbaren die we hebben verloren, maar om door die pijn de enige toestand te bereiken die slechts door hun afwezigheid kan ontstaan, de toestand waar we tijdens hun leven geen toegang toe hadden, aangezien ze nog niet tot de schimmentijd behoorden: de absolute overgave van ons geheugen aan hun nagedachtenis. Ons geheugen disciplineren, dat is de enige manier waarop we kunnen strijden, de enige manier waarop we, door in het gezelschap van diens schim te verkeren, het verloren wezen kunnen *her-kennen*. Om iemand rouwen betekent niet wegkwijnen in een steriel, in zichzelf besloten verdriet; nee, om iemand rouwen betekent proberen ons eigen verdriet om te zetten in een kennismiddel, in een methode om in onszelf de wereld van de overledene te herscheppen, haar wederop te bouwen als een tempel of een paleis, en er vervolgens door de verborgen gangen, de verscholen passages, de geheime vertrekken te dolen om er waarheden te ontdekken waarvoor we blind waren toen die persoon nog leefde. Je mist één mens en alles krijgt een nieuwe invulling: dat zou de moraal van rouw moeten zijn; dat zou het fundament moeten zijn van de eenzaamheid van de overlevenden...

De vrouw hier op dit bed vocht vanaf de bodem van haar put. Ik zag het en kon niets doen om haar te helpen.

Na een hele tijd kwam ze tijdelijk uit haar labyrint en keek me aan. Ik kon haar blik nauwelijks velen. In haar gezicht zag ik ook dat van mijn moeder, dat van Adja Mbène, dat van alle moeders. Maar deze had haar zoon verloren, haar zoon wie een graf was ontzegd. Plotseling weerklonk haar stem, zwak maar overweldigend in de stilte van het vertrek.

‘Hoe heet je?’

‘Ndéné. Ndéné Gueye. *Siggi leen ndigalé.*’

‘Ik groet je, Ndéné Gueye. *Siggil sa wàal.*[*] Angela vertelde dat je me wilde zien. Waarom?’

Tegen deze vrouw kon ik niet zeggen dat ik geen idee had, zoals ik eerder tegen Angela had gezegd.

‘Omdat ik me schaam voor wat uw zoon is aangedaan.’

De vrouw gaf niet meteen antwoord. Ze leek geduldig elk van mijn woorden af te wegen, alsof ze de oprechtheid ervan beproefde.

‘Heb je hem gekend?’ vroeg ze uiteindelijk.

‘Nee. Maar ik wil hem leren kennen.’

‘Je spreekt over hem alsof hij nog op deze wereld rondloopt.’

‘Voor mij leeft hij nog een beetje.’

---

* *Siggi leen ndigalé. – Siggil sa wàal*: een rituele uitwisseling in het Wolof, waarbij iemand een ander condoleert, en de ander de condoleances in dank aanvaardt.

'Maak je geen illusies, Ndéné Gueye. Hij is dood. Je kunt niet een beetje leven. Hij is echt dood en dat weet ik. Als hij nog leefde, zou je hier niet zijn.'

Ik zweeg, had geen idee wat ik nog meer kon zeggen.

'Ik weet niet of hij homoseksueel was of niet,' ging ze voort. 'In mijn hart hoop ik van niet, want ik ben moslima en geloof in God. Maar wat doet het er uiteindelijk toe? Hij was mijn zoon.'

Ze daalde opnieuw af in haar put. Angela was bijna in tranen, en op elk stil moment hoorde ik alleen haar gejaagde, schokkende ademhaling, alsof ze vocht tegen haar snikken, waarvan ik wist dat ze haar ten slotte te machtig zouden worden en tot uitbarsting moesten komen.

'Hij was mijn enige kind,' vervolgde de moeder. 'Zijn vader is gestorven toen hij drie was. Ik heb hem alleen opgevoed. Ik heb voor hem geknokt. Ik heb kromgelegen zodat hij zou kunnen slagen in het leven. Dit jaar zou hij gaan studeren. Ik weet niet of hij van mannen of vrouwen hield, maar ik was trots op hem. Hij hielp me. Hij gaf privéles om een beetje geld te verdienen. Hij was een voorbeeldige zoon. En op een dag was er opeens, vanuit het niets, dat gerucht... Dat is zijn dood geworden. Plotseling, van de ene dag op de andere, werd hij ziek. Een paar dagen nadat een vriendin had verteld welke geruchten over hem de ronde deden, begon het: een vreemde, snelle ziekte... Niet genoeg geld voor het ziekenhuis... De maraboet gaf ons een waslijst met dieren die we moesten offeren zodat hij zou genezen... Dat was nog duurder dan het ziekenhuis. En de mensen...'

Haar stem brak en ze sloot haar ogen. Toch liet ze geen traan. Ze moest al haar tranen al hebben geplengd.

'De mensen begonnen over een schandelijke ziekte...

Hij was vermagerd... Er werden namen van aandoeningen gefluisterd: aids, soa... Ik begreep er niets van. Ze hadden het over een homoziekte... De geruchten werden sterker. Zijn ziekte zette de vermoedens kracht bij. Omdat hij ziek was, moest hij wel een góor-jigéen zijn. Vanaf dat moment was hij dood.'

Angela onderdrukte een snik. De moeder vertelde verder met een stem die steeds doffer en nerveuzer klonk.

'Ze hebben hem vermoord, en daarna mocht ik hem niet begraven. Daar had het gerucht wel voor gezorgd. Ik had geen geld om hem naar het mortuarium te laten brengen. Ik wilde hem direct begraven. De imam stond het niet toe. Het gerucht was hem ter ore gekomen. Ik had geen keus. Ik had niemand. Ik heb in mijn eentje de lijkwassing gedaan. Ik heb mijn overleden zoon gewassen. De volgende dag begon het lijk te stinken. Het was warm. Het lichaam zwol op. De geur van de dood. De geur van mijn dode zoon. Ik heb bij hem geslapen, bij zijn lijk, hier, in deze kamer. Hij lag op die mat, precies waar jullie nu zitten.'

Ze wees met een knokige vinger naar de mat. Ik huiverde, verlamd van schrik.

'Ja, daar lag hij... Niemand wilde hem begraven. Zo hebben ze hem nog een keer vermoord. Er gingen twee dagen voorbij. Het lijk lag nog steeds hier. Het stonk... De maden... de vliegen... dat allemaal in deze kamer. Hier.'

Ze wees naar ons en herhaalde: 'Precies hier.' Op dat moment vermengde haar smart zich met iets anders, alsof er een griezelige schaduw overheen viel, de schaduw van stille waanzin. Ze vervolgde: 'In één dag tijd heb ik mijn sieraden, mijn kleren die iets waard waren en mijn meubels van de hand gedaan. Daarna heb ik twee mannen, twee doodgravers, verzocht om tegen betaling mijn zoon te begraven. Ik kon niet verzwijgen waarom dit in het geheim moest gebeuren. Ze gingen akkoord. Geld maakt alles goed, zelfs walging. Ze gingen akkoord. Midden in de nacht kwamen ze met een kar. Ze legden het lichaam erop, dat ik in een katoenen lijkwade had gewikkeld, en ze bedekten het met een groot donker laken. Daarna vertrokken we. We maakten grote omwegen, om zo weinig mogelijk mensen tegen te komen. Er zijn in dit land veel jonge werklozen, en die slapen nooit. Wat zullen ze gedacht hebben toen ze ons zagen? Een oude kar met een ezel ervoor die midden in de nacht twee mannen en een vrouw vervoerde, plus een vorm waarover geen misverstand kon bestaan. We leken wel een span boze geesten. Alsof we uit de hel kwamen of erin afdaalden. Op de begraafplaats vonden de grafdelvers een hoekje dat iets bij de andere graven vandaan lag. Ze groeven snel een gat, waar we het lichaam in hebben neergelaten. Ze gaven me een paar minuten om het de laatste eer te bewijzen. Ik was zo van streek dat er geen gebed over mijn lippen kwam. Ik keek naar het lichaam en huilde. Ik voelde de aanvechting om me in het graf te werpen en me met het lijk van mijn zoon te laten bedelven. Ze snauwden me toe dat ik moest opschieten: ik mocht al van geluk spreken dat ze bereid waren geweest iemand in deze omstandigheden te begraven. Ik wendde me af van het lichaam, ze dekten het graf toe en we vertrokken als dieven in de nacht. Toen ik hier terug was, heb ik tot het ochtendgloren gehuild, waarna ik van vermoeidheid in slaap viel. Ik werd gewekt door...'

Angela was haar snikken niet meer de baas en verliet de kamer. Ik verroerde me niet.

'Ik werd gewekt door de kreten van een menigte die

dichterbij kwam. Woedende kreten... scheldwoorden. Ik begreep wat er aan de hand was. Ik stond op en liep zonder me te haasten naar buiten. Ik was niet bang. En daar stonden ze... Gezichten vol haat... Tussen hen en mij, het lichaam: opgegraven, bezoedeld, de maden, de wonden, en die eeuwige dikke groen-zwarte vliegen... De stank... Ik wachtte in stilte af tot de meute me zou doden. Ik was er klaar voor. Maar de meute doodde me niet. Een stem zei tegen me: "We hebben je gezien vannacht. Ga die zoon van je, die góor-jigéen, ergens anders begraven. Niet op onze begraafplaats. Niet tussen moslims." Ik hoorde beledigingen: hondenmoeder... hoer... vervloekte teef... Daarna vertrokken ze. Opnieuw was ik alleen met het ontbindende lijk.'

Ze viel zo lang stil dat ik dacht dat ze niets meer zou zeggen. Maar opeens ging ze verder: 'Ik had geen keus meer. Ik heb een schop gepakt en hem op klaarlichte dag begraven. Hier. Midden op de binnenplaats, onder de boom. Een paar mensen die op het puntje van hun tenen over de muur stonden te kijken, hebben me gezien en weten dat mijn zoon hier ligt. Sinds dat moment is het huis vervloekt. Niemand waagt zich hier nog in de buurt. Angela is een paar dagen later langsgekomen. Ze zei dat ze voor mensen werkte die me konden helpen. Ze wilde het lijk meenemen, het fatsoenlijk begraven, maar het was te laat. Hij heeft een fatsoenlijke begrafenis gehad, want zijn moeder heeft hem begraven. Ik heb hem begraven.'

Ze zweeg. Ik besefte dat ze nu echt niets meer te zeggen had. We bleven nog een hele tijd zo samen, in de stilte van deze armzalige kamer. De griezelige schaduw was van het gezicht van de moeder verdwenen. Het vertoonde nu alleen nog verdriet, onpeilbaar, ontroostbaar verdriet, maar ook de zweem van iets grenzeloos en halsstarrigs, iets waarvoor ik schroomde het woord moed te gebruiken, dat te gemakkelijk, te simpel, te alledaags, te beperkt en bijna beledigend was voor deze vrouw.

Op de terugweg wisselden Angela en ik geen woord. Na het relaas van de moeder viel er niets meer te zeggen. Voordat we er weg waren gegaan, was ik naar de boom gelopen, waaronder het graf slechts was aangegeven met grote stenen die een rechthoek afbakenden. Geen naam. Angela had me verteld dat de moeder niet kon schrijven. Ik had de moeder gevraagd hoe haar zoon heette. Amadou. Had ze een foto? Ze had haar hand onder haar hoofdkussen gestoken en er een redelijk recent portret onder vandaan gehaald.

De man leek helemaal niet op het willekeurige beeld dat ik me van hem had gevormd. Hij was niet lelijk, integendeel: ik vond hem knap, heel knap, met zijn fijne, bijna vrouwelijke trekken, zijn grote ogen, zijn spottende blik, zijn volle lippen die tegenover de camera een schuchtere glimlach vormden, zijn brede rimpelloze voorhoofd. Net als bij zijn moeder, maar om andere redenen, leek de tijd langs hem heen te glijden...

Ik vroeg Angela me bij Rama af te zetten. Na dit alles had ik geen zin om alleen te zijn, alleen met Amadou, zijn gezicht, het verhaal van zijn moeder. Angela drong er niet op aan me gezelschap te houden. Ze wist dat ik behoefte had om bij Rama te zijn.

'Ik heb geen idee of je nu weet waarom je dit allemaal doet,' zei Angela voordat ze wegging, 'maar ik denk dat Amadous moeder een goede reden is.'

Ik zei niets en liep naar Rama's huis. Zodra ze me zag,

drukte ze me tegen zich aan, alsof mijn ontreddering op mijn gezicht stond te lezen. Ik huilde een hele tijd in haar armen. Ik kende niemand die je zo de zekerheid wist te geven dat je gehoord, begrepen werd.

14

Een paar dagen later ben ik teruggegaan naar Amadous moeder. Alleen ditmaal. Ik wist niet precies waarom. Ik had gewoon het onbestemde idee dat me nog iets te doen stond, dat me een schimmige taak wachtte en alleen de vervulling daarvan het schaamtegevoel zou verminderen – van wegnemen kon geen sprake zijn – waardoor ik al was geplaagd voordat ik het verhaal van de oude vrouw had aangehoord; een gevoel dat zij, in plaats van het teniet te doen, alleen maar had versterkt.

Er was niets veranderd in het vervloekte huis: de binnenplaats was nog altijd verlaten en alleen de bladeren van de grote boom in het midden bewogen af en toe, alsof ze eraan wilden herinneren dat die plek niet helemaal versteend was, niet vergeten door het leven en de tijd. In de schaduw ervan het graf van Amadou. De grote stenen. De gewijde plek die ze afbakenden en die zelfs door de wilde katten leek te worden geëerbiedigd, want ze meden het graf angstvallig. Ik liep ernaartoe en bleef er een moment naast staan. De moeder zag ik nergens. Ik ging naar haar slaapkamer en klopte aan. Haar zwakke stem vroeg me binnen te komen.

Ze lag op haar zij, met haar rug naar de deur. Toen ik

haar zo zag, wist ik zeker dat ze sinds ons eerste bezoek niet meer uit haar bed was gekomen. Toch kon het niet anders of ze moest zijn opgestaan, hebben gegeten. Maar iets in haar houding, haar stem, de sfeer in de kamer overtuigde me van het tegendeel. Het was me duidelijk: haar lichaam had zich bewogen om te doen wat nodig was om te overleven, maar haar ziel, haar ziel was daar gebleven, roerloos, om te voorzien in de behoeften van het ware leven. Ze had de kamer niet verlaten. Ze zat nog altijd op de bodem van de put. Ze bevond zich nog steeds in het labyrint, waar ze worstelde met de Minotaurus.

'Ik ben het, Ndéné Gueye. Ik was hier een paar dagen geleden met...'

'Ik wist dat je terug zou komen. Ga zitten. Vergeef me, ik kan je niet veel aanbieden.'

Ze had zich niet omgedraaid; ze had zich niet eens verroerd. Het leek alsof haar stem niet uit haar lichaam maar uit de lucht kwam, uit de onzichtbare materie van de kamer. Ik nam plaats op de mat en ging met haar op weg. Zij belastte zich nergens mee: niet met woorden, gebaren, blikken of geluiden; er was niets dan ons beider ademhaling, en daarvan slechts de miniemste, meest elementaire manifestatie. In plaats van de plichtmatige plechtigheid die je kunt voelen en uiten tegenover een rouwende moeder – die is nooit toereikend – of het aanmatigende idee dat je haar pijn kunt begrijpen – dat is altijd een illusie – deed ik mijn best haar een ander geschenk te geven, dat zowel kostbaarder als bescheidener was dan compassie of empathie: mijn aanwezigheid, mijn eenvoudige maar volledige aanwezigheid. Ik wilde er zijn, niet alleen voor maar ook met haar. Ik kon niet ver met haar meegaan, dat wist ik wel: uiteindelijk blijf je altijd alleen in het labyrint. Maar voordat het zover is, heb je gezelschap nodig. Dat probeerde ik haar te bieden. Het zijn de doden of degenen die hen naar het hiernamaals begeleiden aan wie we ons volledig beschikbaar moeten stellen. De levenden hebben altijd het idee dat zij door de doden worden verlaten. Dat is zeker ten dele waar, maar het komt zelden bij ons op dat het omgekeerde ook geldt en dat de levenden in zekere zin ook de doden verlaten. De doden voelen zich evenzeer alleen. Tot het einde aan toe hebben ze er behoefte aan dat we hen begeleiden, dat we een rouwstoet voor hen vormen. Ik wilde in de rouwstoet voor Amadou meelopen. Ik wilde niet dat zijn moeder de enige was die hem volgde. Ik probeerde deze vrouw mijn beschikbaarheid en mijn aanwezigheid te bieden; ik trachtte zo ver mogelijk achter haar aan te lopen, tot aan de grens waar ik wel zou moeten blijven staan om haar alleen te laten, voorgoed alleen, met haar zoon.

Tijdens deze roerloze, stille tocht werden we overvallen door het duister. Het was nu zo donker in de kamer dat ik alleen nog het onbeweeglijke silhouet van de moeder zag, van wie het enige levensteken de nauwelijks waarneembare ademhaling was die haar zij deed rijzen. Door op te staan verbrak ik onze zwijgende dialoog.

'Ik ga.'

'Ik dank je voor je komst.'

'Ik zou graag nog eens komen.'

'Dit is jouw huis.'

Ik vertrok. De avondschemering beloofde een frisse nacht. In het gebladerte van de boom fladderden nog een paar ravottende vogels. De grote stenen waren zozeer versmolten met de duisternis dat ik ze niet meer kon ontwaren.

De volgende dag kwam ik terug. Ditmaal lag ze met

haar gezicht naar de deur, alsof ze me verwachtte. We groetten elkaar, waarna ik op mijn vaste plek op de mat ging zitten. Ze kwam uit bed – het was de eerste keer dat ik haar zag staan – en verliet de kamer. Ik vroeg me af of ik haar moest volgen en besloot uiteindelijk te blijven waar ik was. Even later verscheen ze weer, met een dampende kom *laax*, een gierstpap overgoten met gestremde melk.

'Vandaag kan ik je iets aanbieden.'

Ik dankte haar en at met smaak. Toen ik klaar was, bracht ze de kom terug naar de keuken en gaf ze me een grote pul met water. Ik dankte haar opnieuw en zei dat de laax erg lekker was.

'Het was zijn favoriete gerecht.'

Daarna ging ze weer liggen, met haar gezicht naar de muur. Ik besefte dat dit het moment was om onze tocht te hervatten. Hoelang zou die voor deze vrouw duren? Een onnozele vraag: het was overduidelijk dat ze nooit van haar zoons zijde zou wijken. Maar wanneer zou ze bereid zijn de pas in te houden, hem op een afstand te volgen, hem te laten groeien, hem in zijn dood zijn vleugels te laten uitslaan? Wanneer zou ze zover zijn dat ze de gedachte kon aanvaarden dat het labyrint niet het enig mogelijke eindpunt was? Ik had geen idee. Er bestaan geen regels voor de rouwtijd, maar zonder te weten waarom was ik ervan overtuigd dat een moeder die haar kind de wereld ziet verlaten minstens zolang over hem waakt als ze hem had gedragen voordat ze hem op die wereld zette. De avond viel. Ik stond op het punt om weg te gaan toen ze zich naar me omdraaide.

'Ik wil niet dat je denkt dat ik bezig ben van jou een surrogaatzoon te maken, Ndéné. Dat zou te gemakkelijk zijn. En op den duur pijnlijker. Maar ik ben je dankbaar voor je komst. Jij bent de enige die zich om hem bekommert. Voor Angela is het haar werk... Maar voor jou... Ik dank je. Ik wilde je ook zeggen dat dit voorlopig de laatste keer is dat we elkaar zien. Ik vertrek morgen naar Touba, de heilige stad. Omdat ik niets meer heb, heb ik besloten me helemaal aan het geloof en het werk te wijden. Een neef van mij woont daar. Hij heeft land en ik ga op zijn akkers werken. Hier, zo vlak bij mijn zoon, zal ik nooit meer de lust vinden om volledig te leven. Ik moet je om een gunst vragen. Kom hier van tijd tot tijd bidden bij zijn graf. En nog één ding, Ndéné: ik weet nog steeds niet goed waarom je bent gekomen en bent teruggekomen. Ik weet niet waarom je zo gehecht bent geraakt aan mijn zoon. Of aan mij. Je zoekt iets. Ik weet ook niet of je antwoord hier te vinden is. Hier is niets. Maar ik hoop dat je zult vinden wat je zoekt. Dat hoop ik oprecht.

15

Ik gaf geen les meer. Dat had ik wel gewild, maar het was onmogelijk: er kwamen te weinig studenten opdagen. Eerst dacht ik nog dat ze gewoon lui waren en spijbelden. Maar dat was het niet. Uiteindelijk was het tot me doorgedrongen dat ze mijn college boycotten. De reden was niet zo moeilijk te raden: mijn uitspraken over Verlaine.

Het duurde niet lang voordat de faculteitsvoorzitter van zich liet horen. Na het derde college dat mijn studenten negeerden, ontbood hij me in zijn werkkamer om te melden dat het ministerie, na verschillende beschuldigingen van zedenbederf en insubordinatie, had besloten me voor nog onbepaalde tijd op non-actief te stellen. Hij zou een goed woordje voor me kunnen doen om mijn schorsing ongedaan te maken, maar op één voorwaarde: ik moest mijn verontschuldigingen aanbieden voor mijn opmerking dat het achterlijk was om lessen over Verlaine te verbieden op grond van zijn homoseksualiteit. Ik vroeg hem tegenover wie ik me dan moest verontschuldigen. De imbeciel had mijn ironie niet door en antwoordde: tegenover de studenten en het ministerie – dat hij vertegenwoordigde. Ik voelde een enorme lachbui opkomen, die ik slechts met moeite wist te onderdrukken.

Ik vroeg de voorzitter ten slotte om me een paar dagen te geven, zodat ik een fatsoenlijke excuusbrief kon opstellen. Hij was in de wolken: hij had altijd geweten dat ik een intelligent man was en bovendien een uitstekende leraar. Die onbezonnen uitspraak over Verlaine weet hij aan mijn onervarenheid in het vak. Hij beloofde me zelfs dat hij het bij het ministerie voor me zou opnemen – hij kende de minister. De hoge heren zouden beslissen over mijn lot, dat voor een groot deel afhing van mijn houding en mijn vermogen berouw te tonen. Ik verliet zijn kamer. Uiteraard was ik absoluut niet van plan om aan wie dan ook mijn verontschuldigingen aan te bieden.

Ik wist nog niet wat ik zou gaan doen. Ik belde meneer Coly om hem op de hoogte te stellen. Hij zei dat hij het ergste vreesde en vroeg me bij hem thuis langs te komen. Hij wilde met me praten.

'Mijn vrouw en kinderen zijn niet thuis,' vertelde hij terwijl we naar binnen gingen. 'Ze zijn op familiebezoek.'

We namen plaats in een grote zitkamer. Meneer Coly bood me iets te drinken aan.

'Wat ben je van plan? Ga je die excuusbrief schrijven?'

'Nee.'

'Misschien moet je dat wel doen, Ndéné. Misschien moet je... Ik begrijp je wel, maar je situatie is heel snel uit de hand gelopen. Die schorsing is niet zo erg... Maar de geruchten...'

Hij keek me ongerust aan.

'Geruchten?'

'Natuurlijk, dat kun je ook niet weten. We horen zelf altijd als laatsten welke geruchten er over ons de ronde doen. Maar die geruchten zijn er... Ze zijn mij ter ore gekomen. In de wandelgangen van de universiteit wordt veel geroddeld. In de ogen van de faculteit, misschien wel van de hele universiteit, ben je een homoactivist die van homo-erotische poëzie houdt en die geprobeerd heeft die tegen de richtlijnen van het ministerie in tijdens de colleges aan de studenten op te dringen. Begrijp je wat dat betekent? Ja, dat begrijp je: dat betekent dat je zelf homo bent. Oftewel: opgepast! Ik zeg het je zonder eromheen te draaien: ze kunnen je ieder moment aanvallen of zelfs vermoorden.'

Hij masseerde zijn voorhoofd en mompelde voor zich uit: 'Het is beangstigend zoals er momenteel in dit land met homoseksualiteit wordt omgegaan. Al dat geweld, die verkrampte houding. Indertijd was dat niet zo...'

'Hoe bedoelt u?'

'Er heerste een andere mentaliteit. Ik heb de tijd nog meegemaakt dat homoseksuelen anders waren. Zo heette dat. Er zijn altijd homoseksuelen geweest in Senegal; wie zegt van niet is óf te jong, óf onoprecht, maar heeft in elk geval geen benul van de eigen cultuur. Er zijn altijd homoseksuelen onder ons geweest, maar ze gedroegen zich op een andere manier. Uit hun kleding of hun houding viel absoluut niet op te maken dat ze góor-jigéen waren. En toch wist en accepteerde iedereen het. Destijds stoorde niemand zich aan hen, want ze waren discreet, beleefd en respectabel. Ze hadden een specifieke rol in de samenleving, die ze vervulden zonder ermee te koop te lopen, zonder nodeloos hun anders-zijn te willen benadrukken. Iedereen wist het. Meestal woonden ze alleen en rekenden ze voor hun levensonderhoud op de ondersteuning van een beschermvrouwe en op wat ze bij ceremonies kregen. Die discretie en het belang van hun rol in het maatschappelijke spel zorgden ervoor dat homoseksuelen, ondanks het verbod op homoseksualiteit volgens de islam, niet werden vermoord of voortdurend in de gevangenis belandden. Natuurlijk waren er wetten. Antihomowetten, net als tegenwoordig, maar de toepassing daarvan was complexer. Degenen die het hebben over de goede oude tijd toen er harder jacht op homo's werd gemaakt, toen ze uit de samenleving werden verdreven, weten niet waar ze het over hebben. Dat verleden waar ze naar terugverlangen, heb ik meegemaakt. Het was het tegenovergestelde van wat ze willen geloven en willen doen geloven.'

'En tegenwoordig?'

'Tegenwoordig...'

Ontgoocheld en bedroefd deed hij er het zwijgen toe, verzonken in ik weet niet wat voor diep weemoedige gedachten.

'Tegenwoordig,' vervolgde hij ten slotte, 'is dat niet meer mogelijk. Een kleine groep góor-jigéens heeft de hele manier veranderd waarop tegen homoseksuelen wordt aangekeken. En uiteraard niet ten goede. Ze zijn vulgair, onzedig, uitdagend. Ze trouwen met elkaar! Trouwen! Wat een waanzin... Het indiscrete, onverantwoordelijke gedrag van die kleine minderheid heeft de andere homoseksuelen, de zwijgende meerderheid, veel schade berokkend. Homoseksualiteit is iets vulgairs geworden. Of in elk geval zien we alleen nog die kant ervan. Zoals zo vaak is het een handjevol mensen dat een vals beeld van de werkelijkheid creëert, ten koste van de grote groep. De andere Senegalezen, de heteroseksuele meerderheid, ervaren dit als een aanval. Op morele waarden. Op religieuze waarden. Op esthetische waarden.'

De klok sloeg vijf uur. Meneer Coly gaf me een glas *bissap*[*].

'Die minderheid maakt homoseksualiteit te schande, brengt het in diskrediet,' benadrukte hij. 'Het wordt een karikatuur. Ze berokkenen anderen daarmee veel schade. Tegenwoordig zien homoseksuelen zich gedwongen hun identiteit te verbergen, fysiek, maar vooral sociaal. Bij ceremonies zie je bijna nooit meer góor-jigéens. Er zijn er nog maar weinig die een poging doen een maatschappelijke rol te vervullen.'

Ik moest meteen aan Samba Awa denken.

'Voorheen,' vervolgde meneer Coly, die ik nog nooit zo spraakzaam had meegemaakt, 'leefden homoseksuelen alleen. De samenleving aanvaardde ze zoals ze waren. Tegenwoordig nemen ze hun toevlucht tot maatschappelijke dekmantels om te voorkomen dat ze worden gedood of gelyncht: ze trouwen met iemand van het andere geslacht, krijgen kinderen, werken in sectoren waar niemand ze zou verdenken. Dit verschijnsel dateert al van lang geleden. Er zijn veel meer homoseksuelen in dit land dan wordt aangenomen. Ze zijn gewoon bang. Bang om te worden verward met die vulgaire minderheid die zoveel luidruchtiger is, bang om te worden vermoord. De homoseksuelen die discreet en van maatschappelijk belang waren, hebben plaatsgemaakt voor flikkers – vergeef me de term die alleen maar geïnteresseerd zijn in hun imago. De nichten hebben de góor-jigéens vervangen. Die woorden hebben hier hun betekenis. Het ene is verankerd in de cultuur, verwijst naar een specifieke maatschappelijke realiteit;

---

* Verfrissende en versterkende drank op basis van gedroogde hibiscusbloemen.

het andere draait alleen om provocaties. Begrijp me goed: ik zeg niet dat homoseksualiteit iets goeds is: niet iets goeds, ook niet iets slechts, trouwens, maar doodgewoon iets, een verschijnsel dat bestaat... Ik wil alleen maar zeggen dat het op een andere manier heeft bestaan, en dat het in dit land ooit werd getolereerd. De vulgaire homoseksuelen die worden vervolgd zouden zich niet moeten beklagen over de golf van homofobie die over het land spoelt. Zij zijn daar in de eerste plaats verantwoordelijk voor.'

'Hoe kunt u dat zeggen, meneer Coly? Hebt u het filmpje van die opgegraven man gezien? Hij heette Amadou. Het is niet eens zeker of hij homoseksueel was. Al dat geweld... En al zouden de góor-jigéens tegenwoordig vulgair zijn, zoals u zegt: het zij zo. Vulgariteit heeft nog nooit iemand vermoord.'

'Nee, het is erger: vulgariteit leidt ertoe dat andere mensen worden vermoord, die zichzelf niets te verwijten hebben.'

Die laatste woorden verbaasden me. Zijn stem verried een zekere verbittering. Hij leek een diepe haat te koesteren jegens degenen die hij ervan beschuldigde homoseksualiteit in een kwaad daglicht te hebben gesteld. Hij was geagiteerd.

'Als je het niet erg vindt, ga ik even roken. Van mijn vrouw mag ik dat niet meer binnen doen, nu we kinderen hebben. Maar nou ja... die ene keer... Dank je.'

Met gejaagde bewegingen stopte hij zijn pijp en stak hem aan. Bij het eerste trekje verdween zijn agitatie. Meneer Coly hervond zijn glimlach en zijn kalmte, de elegantie die me zo vertrouwd was. Hij keek me aan en lachte goedmoedig naar me. Na nog een paar trekjes leek hij weer helemaal tot rust te zijn gekomen en ging hij verder alsof hij geen moment had gezwegen, maar zijn stem klonk nu vriendelijker.

'Dat de homoseksuelen van tegenwoordig zo indecent zijn, komt doordat ze zijn beïnvloed door de wereld van de witten. Daarginds beminnen en kussen homoseksuelen elkaar ten overstaan van iedereen. Ze mogen met elkaar trouwen. Het bestaan van homoseksuelen wordt er erkend en getoond, bij evenementen en in films. En de homoseksuelen hier denken dat ze zich hetzelfde kunnen veroorloven, dat ze vergelijkbare rechten kunnen opeisen, dezelfde houding in het openbaar kunnen aannemen. Dat is zelfmoord. De witten geven homoseksualiteit een imago dat de homo's hier, die dat imago willen overnemen, het hoofd op hol brengt. Maar eenzelfde soort imago is hier niet mogelijk. Nog niet, tenminste. In hun landen redden de westerlingen de homoseksuelen; hier worden ze veroordeeld. Ze beseffen niet dat de druk die ze op onze regeringen uitoefenen om homoseksualiteit uit het strafwetboek te halen het tegenovergestelde effect heeft: de homofobie wordt er alleen maar groter door. Dat begrijpen ze niet...'

'Verwijt u het Westen nu dat het het recht op gelijke behandeling bevordert?'

'Nee, natuurlijk niet, maar wel dat het dat recht bij ons wil bevorderen. Ik weet dat je nu gaat beginnen over de vrijheid van het volk, democratie, gelijkheid... Ik weet het... Maar ik vrees dat in een democratie gelijkheid niet meer is dan een hersenschim. Dat is zelfs in het Westen zo, waar nog altijd verschrikkelijke ongelijkheid bestaat, die alles te maken heeft met afkomst, sociale klasse, rijkdom, religie. De weg naar gelijkheid kan niet overal met dezelfde snelheid worden afgelegd. Maar vertel eens,' zei hij, en hij keek me aan alsof wat er tot nu toe gezegd was slechts een inleiding was geweest voor wat nu kwam, 'tot welk kamp behoor jij als het gaat om homoseksualiteit?'

Ik wist niet wat ik daarop moest zeggen. Ik was er zelfs niet zeker van of ik de vraag goed had begrepen. Maar omdat hij overduidelijk zat te wachten op mijn antwoord, zei ik: 'Ik heb geen idee. Er zijn geen kampen.'

Meneer Coly staarde me een hele tijd met een vreemde blik aan. Daarna zei hij met zijn bedaarde stem: 'Jouw positie is onhoudbaar, Ndéné. Je zult toch een idee moeten hebben. Je zult vooral moeten kiezen. Vroeg of laat. Je behoort altijd tot een kamp. Kiezen. En achter die keuze staan.'

De deurbel ging.

'Dat is een vriend die bij me langs zou komen,' zei meneer Coly.

Hij ging opendoen en kwam even later terug, gevolgd door een man die me schuchter groette. Zijn hand voelde fluwelig toen hij heel zacht de mijne drukte. Hij was groot en zijn lichtpaarse kaftan met onberispelijke vouwen gaf hem een zekere allure. Hij rook lekker. De houttonen van zijn parfum vulden sinds zijn binnenkomst de zitkamer. Meneer Coly stelde ons aan elkaar voor en voegde eraan toe dat zijn gast en hij oude vrienden waren. Hij vroeg ons te gaan zitten en liep naar de keuken. Ikzelf nam plaats op de bank waar ik daarvoor ook had gezeten, en de nieuwe gast in een stoel daarnaast. Er was iets aan hem wat me intrigeerde. Met een wat ijle stem begon hij het gesprek. Hij wilde weten of El Hadj Majmout Gueye mijn vader was. Dat bevestigde ik, verrast door de vraag. Hij zei dat we erg op elkaar leken. Ik vroeg hem waar hij mijn vader had leren kennen.

'In de moskee,' antwoordde hij.

Dat antwoord maakte me duidelijk waarom de man

me zo intrigeerde: ik had hem eerder gezien. En hoewel zijn gezicht een onwaarschijnlijke verandering had ondergaan, leed het geen enkele twijfel: dit was de jotalikat. De man die de laatste preek van 'Al Qayyum' had overgebracht. Maar waar waren die dommige blik en die lelijke kale plek op zijn hoofd gebleven? Als door een wonder verdwenen. Goed, af en toe zag ik in zijn ogen nog iets onnozels, maar dat was eerder aandoenlijke, verlegen onnozelheid. Wat zijn schedel betreft: die was zorgvuldig geschoren en glom.

In de man die ik hier voor me had, herkende ik niets meer van het aplomb, de energie, de zelfverzekerdheid van de uitzinnige jotalikat die ik een paar weken daarvoor naast de zieltogende El Hadj Abou Moustapha Ibn Kkaliloulah had gezien. Meneer Coly kwam terug, schonk de jotalikat, zonder te vragen of hij daar trek in had, een glas gembersap in en kwam daarna naast mij zitten.

Ik zat tussen de twee vrienden in. Er viel een vreemde stilte, die we alleen af en toe verbraken om verschrikkelijke gemeenplaatsen te debiteren. Meneer Coly en de jotalikat spraken nauwelijks rechtstreeks met elkaar. Zelfs als ze het woord tot elkaar richtten, zorgden ze ervoor dat ik bij die uitwisseling betrokken was, dat ik tussenbeide kon komen. Ze leken bang te zijn dat ik zou zwijgen, waardoor ze zich gedwongen zouden zien samen het gesprek op gang te houden.

Nadat ik deze merkwaardige kwelling een kwartier lang had ondergaan, zei ik dat ik eens moest opstappen. Meneer Coly probeerde me, volgens de regels van de gastvrijheid, tegen te houden. Ik beweerde dat ik nog een boodschap moest doen. Ik kon niet voorkomen dat hij met me meeliep tot aan de buitendeur. Ik dankte hem hartelijk voor zijn uitnodiging en voor het gesprek dat we hadden gehad. Toen we afscheid namen, drukte hij me krachtig de hand en zei: 'Je moet erg oppassen, Ndéné.'

Even dacht ik dat hij me nog iets zou zeggen, maar hij voegde er niets aan toe. Hij glimlachte slechts en liep daarna met ongeduldige tred het huis weer in. Zijn vriend zat op hem te wachten.

16

Langzaam voelde ik het ontstaan, gonzen, aanzwellen in de nadrukkelijke blikken, in het gefluister wanneer ik naderde of voorbij was gelopen, in de kinbewegingen waarmee ik al van verre werd aangewezen: het gerucht, de onstuitbare opmars van het gerucht. De mensen begonnen te praten, op de universiteit en in mijn wijk. Ik deed geen moeite om erachter te komen wat er precies werd gezegd. Vroeg of laat zou het gerucht volledig gerijpt op me neerdalen, zonder dat ik het hoefde te plukken.

Wat is een gerucht eigenlijk? De illusie van een collectief geheim. Het is een openbaar toilet dat door iedereen wordt gebruikt, maar waarvan eenieder meent de enige te zijn die weet waar het staat. Er steekt geen geheim achter het gerucht; er zijn alleen maar mensen die ongelukkig zouden worden als ze niet het idee hadden een geheim te kennen, of anders een zeldzame waarheid waar zij deelgenoot van zijn gemaakt.

Ik geloof niet in gedeelde geheimen. Eenmaal uitgesproken, eenmaal in een zin, een bekentenis, een verhaal gegoten, is het geheim geen geheim meer. Alle taal schendt het. Elke verwoording verheldert direct zijn duistere essentie, bezoedelt de stilte die zijn enige echte bestaansvoorwaarde vormt. Een geheim dat je jezelf vertelt, dat je voor jezelf in een heldere vorm giet, is al verloren. Het kan alleen vanbinnen bestaan, in ons troebele zelf, in dat slecht verlichte klooster waar de waarheid niet alleen gedwongen is om zich voortdurend in schaduw te hullen, maar ook om deel uit te maken van die schaduw. Een waar geheim is nooit helder, zelfs niet voor het eigen bewustzijn. En wanneer nog een tweede bewustzijn zich over dat geheim buigt, is dat volgens mij te veel. Zodra je het uitspreekt, verraad je het, tweemaal zelfs: eerst doordat je in woorden vat wat een geheimzinnig netwerk van waarheden was dat alleen betekenis had in je innerlijke stilte; daarna doordat de woorden die je hebt gekozen om het op te biechten niet dezelfde zullen blijven in het geheugen van degene die ze ontvangt. Aan de woorden van een geheim, die het eerste verraad aan dat geheim vormen, zal op hun beurt onherroepelijk verraad worden gepleegd in het hoofd van degene aan wie je het toevertrouwt, of die het nu voor zich houdt of doorvertelt.

Buiten jezelf bestaat geen geheim meer: daar is alleen nog een afzetting, het bezinksel van ruwe materie die door het woord geleidelijk is vervormd en aangevreten totdat er alleen nog een vage herinnering aan overblijft. Dan bevind je je in het gerucht; dan bevind je je in het dode, gedode, geleegde geheim, waarvan je echter weet dat het eens heeft geleefd. In welke vorm? Dat ben je vergeten. Precies dat is het gerucht: het geheim dat verzand is geraakt in de illusie van zijn onthulling.

Er ging dus een gerucht over mij. Het kon niet anders of iemand zou het op zich nemen om me te vertellen van welke misstappen ik werd beschuldigd. En die iemand kon niemand anders zijn dan mijn vader. Hij had me ontboden. Adja Mbène zat met gebogen hoofd naast hem en liet met een ernstig gezicht een gebedssnoer door haar vingers glijden. Ik stond voor het tribunaal van mijn naasten.

'Je weet wel waarom we je willen spreken,' begon mijn vader bars. 'De afgelopen dagen zijn ons bijzonder onaangename dingen ter ore gekomen. Ik heb geen idee of ze waar zijn of niet, maar het feit dat ze zo hardnekkig de ronde doen is verontrustend. Ik weet niet wat er met je aan de hand is. Ik zeg het je maar één keer: ik zal niet toestaan dat je mijn eer of die van Adja Mbène bezoedelt...'

'En niet te vergeten de nagedachtenis van je moeder,' viel Adja Mbène hem in de rede, zonder me aan te kijken, met een stem die werd verstikt door opkomende snikken.

'Met je houding en je morele waarden – wat je daarvan laat zien tenminste – bezoedel je de hele familie. Ik heb je niet opgevoed om het middelpunt van schandelijke geruchten te zijn. Weet je wel wat ze over je zeggen?'

Nee, dat wist ik niet. Dus mijn vader bracht me op de hoogte. Er werd verteld dat ik herhaaldelijk in het vervloekte huis was gesignaleerd, waar ik regelmatig bij het graf van de opgegraven man zou hebben zitten bidden; er werd gezegd dat ik een hele avond in het gezelschap van Samba Awa Niang had doorgebracht; er werd ook gemeld dat ik lesgaf over homoseksuele dichters, waardoor ik van de universiteit was gestuurd. Mijn vader deed in zijn eigen woorden verslag van de geruchten, woorden vol woede, beladen met verwijten, verteerd door schaamte. Ik hoorde hem doodkalm aan, en die kalmte moet hij onuitstaanbaar hebben gevonden. Misschien kwam ik op hem over als zo'n grote crimineel die tijdens zijn proces met een soort afstandelijkheid, onverschilligheid of zelfs een sadistisch genoegen naar de lange opsomming van zijn monsterlijke daden luistert. In mijn houding zag hij wellicht die van een kil monster, die óf de ernst niet besefte van de beschuldigingen aan zijn adres, óf zich er volkomen van bewust was maar geen berouw voelde en ze misschien nog wel amusant vond ook.

Maar had hij eigenlijk geen gelijk, mijn vader, om in mijn houding een onmenselijke onverschilligheid te zien? Was het soms niet zo dat ik naar die ernstige woorden luisterde met het afwezige air van iemand die zal hangen maar volkomen blind is voor de galg die voor hem verrijst? Mijn vader sprak over mij. Hij sprak over de geruchten die mij betroffen; maar het was alsof de inhoud van die geruchten een ander leven dan het mijne betrof. Wat ik hoorde, was me vreemd, zozeer zelfs dat ik mijn vader een paar keer bijna had onderbroken om hem te zeggen dat men het mis had, dat dit niet over mij ging, dat dit allemaal een ongelukkig misverstand was. O, wat had hij graag gewild dat ik het allemaal ontkende, dat ik me verdedigde, me kwaad maakte! Wat had hij graag gewild dat ik hem op vastberaden toon had verzekerd dat mijn, zijn, onze eer geen gevaar liep! Ik zag best dat er achter zijn rode ogen en trillende stem een hartverscheurende, aangrijpende smeekbede schuilging: 'Alsjeblieft, zeg me dat ze zich hebben vergist, dat ze liegen, dat ze dingen verzinnen, dat ze je voor een ander hebben aangezien. Toe nou, Ndéné, spreek het tegen! Of lieg tegen me!'

Maar dat kon ik niet. Dat kan ik niet, pappa. Ook al was het alsof dit niet mijn leven betrof, de dingen waarover men sprak, had ik wel gedaan. Daar moest ik mijn verantwoordelijkheid voor nemen. Feitelijk klopte het gerucht: ik had na mijn eerste ontmoeting met zijn moeder een aantal maal gebeden bij het graf van Amadou, ik had een avond met de bekendste góor-jigéen van het land doorgebracht en ik had op de universiteit Verlaine onderwezen. Het gerucht meldde dus juiste feiten, maar de interpretatie, de betekenis ervan, de gevolgtrekkingen en conclusies die het op grond ervan naar voren bracht, waren niet in overeenkomst met de waarheid. Het kwam in de buurt van de feitelijke waarheid, maar ging volkomen voorbij aan de metafysische dimensie. Maar hoe kon ik dat aan mijn vader en Adja Mbène uitleggen zonder het gerucht te bevestigen? Hoe kon ik dat uitleggen zonder het erger voor mezelf te maken?

Adja Mbène zou het misschien nog wel hebben begrepen. Zij was geduldiger en empathischer dan mijn vader. Maar wat had ze moeten begrijpen? Dat ik geen góor-jigéen was, niet de minnaar van Amadou of de pupil van Samba Awa, geen homopropagandist die zich bediende van de poëzie van Verlaine? Was dat alles wat ik hoefde te zeggen om onschuldig te zijn? Hing mijn menselijkheid daarvan af, van het te leveren bewijs dat ik niet homoseksueel was? En trouwens, hoe moest ik dat bewijs dan leveren? Voor mijn vader en Adja Mbène was mijn woord misschien genoeg, maar dat zou geen enkel tegenwicht kunnen bieden aan het gerucht. Zo gemakkelijk zien mensen niet af van het genoegen om zonder gevolgen voor zichzelf een kwaadaardige roddel te verspreiden. Om een boos gerucht te stoppen heb je sterke tegenargumenten nodig. Die had ik niet. Als iemand tegen je zegt: 'Het schijnt dat u een onvervalste nicht bent, meneer', wat kun je daar dan op antwoorden? Waarschijnlijk niets.

Mijn vader was nog steeds tegen me aan het praten. Er verschenen langzaam tranen in zijn ogen. Het werd me niet duidelijk of hij zich zorgen maakte over mij, over zichzelf of over wat er moest gebeuren als de beschuldiging gegrond bleek. Hij ging maar door, en ik vermoedde dat die woordenvloed een truc was om het moment uit te stellen waarop hij de stilte zou moeten verduren die voorafging aan mijn antwoord. Maar op een gegeven ogenblik was hij dan toch door zijn argumenten heen en kon hij niet anders dan zwijgen en mij aanhoren. Het woord was aan de verdediging.

Adja Mbène hief het hoofd en liet haar gebedssnoer rusten. Ze huilde. Ik keek haar aan met een glimlach en draaide me daarna om naar mijn vader. Ik had medelijden met hem. Achter zijn harde blik school alleen nog de angst van een man die vreesde dat zijn wereld zou instorten en daarmee ook het hele waardesysteem waar hij altijd in had geloofd en zijn leven aan had gewijd.

Ik werd overvallen door een diepe bedroefdheid die ik met niemand kon delen. Ik wenste dat ik ver bij mijn vader en Adja Mbène vandaan was, want met wat ik kon zeggen zou ik ons allemaal hebben gekwetst. Als ik had uitgelegd dat het lot van Amadou me had geraakt zonder dat ik precies wist waarom, zouden ze niet minder geschokt zijn geweest dan als ik had verteld dat ik homoseksueel was. Ze verwachtten van mij een eenvoudig en duidelijk antwoord. Daar hoopten ze op. Maar wat is eenvoudig? Waar vind je duidelijkheid? Bestaat er zoiets als één heldere waarheid? Ontleent een waar woord zijn juistheid niet aan het feit dat het, tegenover de verleiding van oppervlakkigheid en arrogantie, zoveel moeite moet doen om tot wasdom te komen? Wat wezenlijk is, vloeit niet soepel, in vlotte, klare bewoordingen uit de mond, integendeel: ik denk dat het eerder aarzelend tot uiting komt, in de diepe, genuanceerde en onzuivere stiltes die elk woord scheiden van of juist in verband brengen met

– ik weet het niet precies – het woord dat erop volgt of eraan voorafgaat.

Goed, dat alles was in theorie allemaal mooi en aardig, maar nu moest ik het uitleggen aan Adja Mbène en mijn vader. Onmogelijk. We konden elkaar in geen geval begrijpen. We waren op het punt aangekomen dat er om woorden werd gevraagd, terwijl die niet gegeven konden worden: daarvoor waren ze te zeer beladen met emoties, met het ongrijpbare, met pijn, waardoor ze alleen maar konden kwetsen. Ik ging liever weg. Misschien was ik laf.

'Ik weet niet wat je van me wilt, pappa. Ik ga er een paar dagen tussenuit. Dat is voor iedereen beter.'

Ik stond op en deed een paar stappen naar de deur.

'Als dat alles is wat je me te zeggen hebt, wil ik je niet meer zien. Als je nu weggaat, hoef je nooit meer terug te komen.'

Ik bleef staan. Ik had drie ongelukkige zinnen uitgesproken. Meer was er niet nodig geweest om onze banden te verbreken, al waren die toch al broos, zoals alles wat belangrijk is. Ik was zo moedig of laf me niet om te draaien om mijn vader te zien huilen, zoals zijn stem me dat al had laten horen. Ik nam het hem niet kwalijk. Hij werd verscheurd. Zijn verdriet moest groter zijn dan het mijne. Tot op dat moment had ik gemeend dat die man bang was om zijn wereld te verliezen. Ik vergiste me: nadat hij mijn moeder had zien heengaan, was het niet zijn wereld die hij vreesde te zien verdwijnen, maar een van zijn bestaansredenen: mij, zijn zoon. Mijn vertrek zou hij als een verraad beschouwen: niet mijn verraad aan hem, maar zijn verraad aan mijn moeder. Met mijn houding schond ik de eed die hij stilzwijgend aan haar sterfbed had afgelegd: hij zou van mij een goed mens maken. Als ik wegging, wat zou hij dan die avond tegen mijn moeder moeten zeggen, wanneer ze hem in zijn droom bezocht? Hij zou slechts drie woorden kunnen uitbrengen: 'ik heb gefaald', en de blik die het fantoom van mijn moeder hem dan zou toewerpen, zou onverdraaglijk voor hem zijn. Die was nu al onverdraaglijk. Daarom huilde hij. Ik was een onwaardige, ondankbare zoon, die de liefde die hem werd gegeven niet verdiende. Bijna was ik op mijn schreden teruggekeerd, bij zinnen gekomen; bijna was ik op mijn vader af gesneld en had ik me aan zijn voeten geworpen, had ik gehuild totdat ik in een slaap zou zijn verzonken waaruit ik verlost van mijn zonden, met een gelouterde ziel zou zijn ontwaakt. Maar terwijl die drang in me opkwam, wist ik dat het allemaal niet zo kon gaan. Daarvoor had ik me te ver in de duisternis en de eenzaamheid begeven. Het was eenvoudiger voor me om daarin te verzinken dan om rechtsomkeert te maken. Belangrijker ook, want ik was er uiteindelijk van doordrongen, van overtuigd geraakt dat me aan het eind van die eenzaamheid en die schuldgevoelens iets heilzaams wachtte, misschien wel een waarheid die me door niets of niemand anders had kunnen worden geschonken of in elk geval getoond. Wat die gelouterde ziel betreft: wat zou ik daaraan hebben, als ik die net zozeer – en sneller nog, waarschijnlijk – zou bezoedelen als de vorige? 'Als je nu weggaat, hoef je niet meer terug te komen.' Zelfs in zijn woede, zijn wanhoop en zijn schaamte wist mijn vaders liefde me nog een uitweg te bieden. 'Als je nu weggaat...' Ik was maar een paar meter van de deur verwijderd. En van mijn vader? Hoe ver was ik van hem en Adja Mbène verwijderd? Het was maar een geringe afstand, en toch al zo onoverbrugbaar... 'Als je weggaat...' Ik deed een stap, die onmiddellijk voelde als de onvermijdelijke eerste stap van een lange tocht. Nog twee, drie, vier, vijf. Ik stond bijna buiten. Bij de zesde was ik vertrokken, en ik wist dat ik met geen mogelijkheid kon terugkeren.

Ik bleef een tijdlang op de drempel staan van dat huis waar ik mijn kinderjaren had doorgebracht en waarin voortaan geen plaats meer voor mij zou zijn, en zelfs niet voor mijn herinneringen. Ik hijgde: die zes passen hadden me de adem benomen. Het was alsof ik kilometers had gerend of iemand had vermoord. Het bloed was naar mijn hoofd geraasd, alsof ik aan mijn voeten was opgehangen. Dus zo voelde dat... De roes van de eenzaamheid... De zuivere, dodelijke roes van de vrijheid... Het vonnis was geveld: schuldig. Ik had het verwacht, dus in die zin was ik er niet echt door verrast. Maar een nieuw inzicht gaf dit verdict een bittere smaak, die mijn wanhoop compleet maakte: terwijl ik naar mijn vader luisterde, was het tot me doorgedrongen dat ik niet alleen schuldig was, maar bovendien onverdedigbaar. Langzaam hervond mijn ademhaling haar normale ritme. Ik vervolgde mijn weg. Een stem riep me. Het was Adja Mbène. Ze kwam op me af gerend. Haar sluier zat scheef.

'Ndéné... Als je nog een beetje mededogen, een beetje liefde voor me voelt... Ga niet weg. Ik smeek het je. Ik kan je helpen... Ik ben bij een maraboet geweest. Ik weet wat je van ze vindt... Maar dit is geen charlatan: hij werkt alleen maar vanuit de Koran. Het zijn gebeden. Hij was het die de zoon van mijn vriendin heeft genezen over wie ik je heb verteld. Hij is vermaard, vooral om dit soort zaken. Hij is een verre nazaat van de Profeet. Hij zal ons helpen, dat weet ik zeker... Ik smeek je. Je vader is zo ongelukkig sinds dat gerucht de ronde doet. Hij zal nog ongelukkiger zijn als je weggaat. En als je het niet voor je vader of mij doet, doe het dan tenminste voor je moeder.

Kom... kom mee, ga je vader om vergiffenis vragen...'

'Waarvoor? Voor welk vergrijp moet ik hem om vergiffenis vragen?'

Adja Mbène zei niets, misschien omdat ze geen antwoord op mijn vraag had, misschien omdat ze verrast was door mijn barse toon.

'Zie je wel? Dat weet je niet? Niemand weet welk vergrijp ik heb gepleegd. Dat weet ik zelf niet eens. Of we weten het allemaal en durven het niet te benoemen. Als dat het geval is, heeft het niet eens zin dat ik mijn excuses aanbied. Dan valt er niets meer te doen. Want dat is het enige soort vergrijp waarvoor geen vergiffenis mogelijk is. Het soort vergrijp dat zelfs niet benoemd mag worden.'

'Het gaat niet om het vergrijp... Het gaat erom dat je vergiffenis vraagt, wat het vergrijp ook is. Het gaat erom dat je bij ons terugkomt. In je gemeenschap. In je familie. Alles kan worden vergeven. Maar dan moet je dat wel willen...'

'Misschien wil ik dat niet, niet meer, Adja Mbène. Ik wil geen vergiffenis meer. Ik weet dat in sommige situaties vergeven niet genoeg is. Als ik word vergeven, betekent dat nog niet dat ik erachter kom wat mijn leven waard is en of ik er klaar voor ben.'

Vermoeid had ik die laatste woorden gemompeld. Maar ze hadden iets onherroepelijks. Dat moest Adja Mbène hebben gevoeld. Haar laatste woorden waren berustend, uitgesproken op de kalme toon van iemand die machteloos staat.

'Dan kan ik alleen nog maar voor je bidden, Ndéné. Dat is alles wat ik je te bieden heb, na mijn liefde en mijn vergiffenis. Moge God je bijstaan. Moge je moeder je beschermen.'

Ik sloot haar in mijn armen, heel kort, om niet in de verleiding te komen me over te geven aan haar warme, moederlijke omhelzing, en daarna liep ik weg, terwijl ik met de rug van mijn hand een vochtige plek op mijn wang droogde, waarvan ik niet wist of die was veroorzaakt door de tranen van Adja Mbène of die van mij, die ik in dat geval niet had voelen opkomen.

Na een lange omzwerving kwam ik diep in de nacht thuis. Op de deur van mijn woning trof ik een korte en bondige boodschap aan: *puus puup*, 'strontdouwer', een van de vele plastische benamingen in het Wolof voor góor-jigéens. Ik boog me naar de tekst toe; de verstikkende geur bevestigde mijn vermoeden dat die met menselijke uitwerpselen was geschreven. Iemand had de moeite genomen om te schijten, zijn stront in te pakken, hierheen te brengen en uiteindelijk als inkt te gebruiken om me te beledigen, te intimideren, te bedreigen. Strontdouwer. Ik moest toegeven dat de auteur van de tekst een zeker gevoel voor humor bezat. Door de deur open te duwen om mijn huis binnen te gaan douwde ik inderdaad tegen stront, zijn stinkende en nog maar nauwelijks opgedroogde stront. Ik maakte de boel schoon en liep daarna naar het raam, waar de wereld een onveranderd schouwtoneel was: nog altijd hetzelfde gelach dat als de rook van verschroeiend aards geluk ten hemel steeg, nog altijd hetzelfde arme volk dat deed alsof het zich in zijn armoede koesterde, dezelfde ontregelde levenswijzer die was blijven steken op nul, dezelfde onmetelijke eenzaamheid die aan eenieder knaagde...

Ik moest hier weg, een paar dagen de hoofdstad uit. Er werd hier verondersteld dat ik homoseksueel was, ik was geschorst als docent, ik stikte hier. Ik had redenen te over om er een tijdje tussenuit te gaan. Ik schreef Rama wat ik besloten had. Ze zei dat ze mee wilde. Diep in mijn hart was dat wat ik had gehoopt, en dat moest ze hebben aangevoeld. Ik verlangde terug naar een soort afzondering, maar wel met haar. Ik sprak mijn spaargeld aan om een huisje in een vissersdorp te huren, ongeveer honderd kilometer ten zuiden van Dakar, aan de Atlantische kust. Vier dagen later vertrokken Rama en ik.

17

Zodra we er waren aangekomen, wist ik dat we een paar gelukkige dagen in het dorp zouden doorbrengen. Toch idealiseerde ik het ook weer niet. Het was er weliswaar rustig en lieflijk, met de zonnige eenvoud van die dorpjes die werden gewiegd door de oceaan, maar ik wist dat ik er niet de rust zou vinden die ik zocht. Plaatsen zijn theaterpodia, levende theaterpodia, met hun decors en belichting, maar wij alleen voeren het stuk op, wij alleen kunnen het opvoeren; er zijn geen understudy's, geen souffleurs. Ik verwachtte niet van dit dorp dat het me tot rust zou brengen; ik wilde alleen dat het me ervan overtuigde dat het mogelijk was om tot rust te komen.

Rama en ik waren er gearriveerd aan het begin van de middag, in een drukkende warmte. Het dorp was uitgestorven. De meeste mannen waren op zee, aan het vissen; de vrouwen zaten thuis even uit te rusten voordat de mannen aan het eind van de dag zouden terugkeren en zij zich over de vangst zouden ontfermen: de vissen schoonmaken, ze in het donker naar een grote markt brengen en daar verkopen.

Het dorp was verlaten, maar vol fluisteringen. Het welkomstcomité bestond uit de zee, groen en enigszins woelig, het strand, wit en sensueel, een smalle strook zand waarvan je het kronkelige traject kon volgen totdat het versmolt met de hemel, en een zwerm kinderen van tussen de zes en twaalf jaar, jongens en meisjes, de meeste met ontbloot bovenlijf. Ze ploeterden rond in een kleine inham, een soort lagune op een paar meter van het strand, die diep genoeg was om in te zwemmen.

Al sinds onze aankomst deden ze pogingen om een kleine, op hun lengte afgestemde prauw in de poel te duwen. Het was een lastig karwei: ondanks de geringe afmetingen van de kano was hij zwaar voor zulke nog kleine kinderen. We keken toe terwijl ze nadachten en overlegden over de beste manier om het vaartuig het water in te laten glijden. Ik vroeg Rama of ze zin had om te zwemmen. Later, zei ze. Ze wilde eerst zien hoe de kinderen het zouden aanpakken met de prauw. We gingen niet ver bij ze vandaan zitten, op hete rotsen waaraan we bijna onze billen brandden. De kinderen hadden ons gezien en sommige hadden zelfs naar ons gezwaaid. Maar ze gingen zo op in hun karwei dat ze ons alweer gauw vergaten. Ik haalde de polaroidcamera tevoorschijn die ik in Frankrijk had gekocht, maar waarmee ik sinds ik terug was in Senegal niet veel meer had gedaan. Fotografie was in mijn studententijd een van mijn grote passies geweest, maar na mijn terugkeer had ik die hobby door tijdgebrek langzaam maar zeker opgegeven. Ik had bedacht dat het verblijf in het dorp een mooie gelegenheid was om hem weer op te pakken... Ik nam een paar kiekjes van het strand, de zee, Rama, de hemel, de zwoegende kinderen, en de schapen en zwerfhonden die voorbijkwamen.

De kinderen waren het over één ding eens geworden: het zou op niets uitlopen als ze niet hetzelfde deden als hun vaders, wanneer die hun prauwen te water lieten om te gaan vissen. En dus gingen ze van verderop op het strand een stuk of vier dikke stammen halen waarover ze de prauw hoopten te kunnen voortrollen. De eerste pogingen mislukten. Ze hadden wel het materiaal, maar niet de juiste aanpak. Ze hielden vol, zonder ook maar een moment hun geduld te verliezen of chagrijnig te worden. Dat was het grote verschil tussen kinderen en volwassenen: in tegenstelling tot wat iedereen denkt, gaan kinderen beter om met mislukkingen. Rama volgde de verrichtingen van de kinderen aandachtig. Ik merkte dat ze gespannen was. Bij elke nieuwe poging keek ze hoopvol, en elke keer dat het misging, slaakte ze een teleurgestelde zucht, meteen gevolgd door een 'vooruit, nog eens proberen!'.

En opnieuw, in een zoveelste poging, beproefden de kinderen hun geluk. Ditmaal legden ze de boomstammen precies op de goede plekken. De prauw gleed eroverheen. Ze moesten duwen, niet te snel, niet te hard, en vooral allemaal tegelijk. Een paar seconden heerste er een hoopvolle stilte op het strand. Rama stond op en fluisterde: 'Kom op!' De kinderen bewogen als één, en in een volmaakte samenwerking gaven ze een laatste duw. Zachtjes gleed de prauw het water in. Op de ingehouden, hoopvolle spanning volgde nu een oorverdovend geschreeuw van vreugde en opluchting. Een enorme overwinning, op dat verlaten strand. Op blote voeten rende Rama in haar lange jurk, met haar grote zwarte bos haar die als een piratenvlag achter haar aan wapperde, op de kinderen af. Met kleren en al liep ze het water in, dat bijna tot aan haar borsten reikte. De kinderen onthaalden haar als een van hen en maakten plaats in het schuitje. Ze keerde zich met een stralende glimlach om naar mij en riep iets wat ik door het geluid van de wind en de golven niet verstond. De kinderen lachten ook naar me. Ik nam een foto van de hele troep. Het was wel mogelijk om hier tot rust te komen. Dakar en het gerucht waren ver weg.

18

De eerste vijf dagen vervlogen als het geluk van arme mensen. We hadden er nog vijf voor de boeg, maar wilden niet denken aan het eind van ons verblijf. Onze dagen stonden in het teken van de liefde en de zee, van wandelen en lezen, van koken en fotograferen.

Het liefst ging Rama 's morgens in alle vroegte naar de vissers kijken, voordat ze uitvoeren. Dat waren surreële momenten: de stilte van het strand bij zonsopkomst, slechts verbroken door de golven die op het zand sloegen, de rauwe stemmen van de vissers die tijdens hun voorbereidingen in het donker weerklonken, de silhouetten van de prauwen die de oceaan op voeren en zich als een oorlogsvloot uitstrekten langs de hele horizon: het waren beelden die een schilderij verdienden.

Bij hun terugkeer 's avonds nam ik foto's. Het rumoer en de opwinding wanneer de prauwen aanlegden, lieten het dorp en zijn inwoners van een heel andere kant zien. Op dat moment kwam er leven in de brouwerij; het duurde maar kort, hooguit een uur, maar wat voor een uur! De intensiteit van die taferelen uit het dagelijks bestaan! De zeelieden laadden hun vangst uit. De vrouwen begonnen meteen met het schoonmaken van de vissen.

Ik probeerde de aangespannen lichamen van de mannen vast te leggen – zinnebeelden van arbeid en rauwe werkelijkheid –, de handen van de vrouwen die de vissen bewerkten, de grote prauwen die lagen te schommelen in het water, onverstoorbaar als goden. Ik probeerde me niet te veel te bekommeren om instellingen, kadrering, belichting. Ik trachtte de opnames vloeiend en spontaan te houden, en daarbij kon ik alleen maar mijn instinct volgen.

Meestal leverde dat jammerlijk mislukte plaatjes op. Maar ook mooie foto's. Rama zocht de beste uit. Ze had er kijk op. Door sommige was ze echt geraakt. Dat deed me plezier. Terwijl ze de foto's bestudeerde die ik op onze vijfde dag daar had gemaakt, zei ze dat op een daarvan weer die man stond.

'Die man? Welke man?'

'Die altijd recht in de lens kijkt. Sinds de eerste dag krijgt hij het steeds voor elkaar om op een mooie foto te komen. Vaak op de achtergrond of in een hoek.'

Ik had geen idee over wie ze het had. Dat zag ze aan mijn verbouwereerde blik.

'Je gaat toch niet zeggen dat hij je nooit is opgevallen?'

'Nee, ik heb nooit zo opgelet.'

'Ik dacht dat het een spelletje van jullie twee was.'

Ze doorzocht de foto's van de dagen daarvoor, haalde er vier uit, deed die van die dag erbij en gaf ze me. En toen zag ik de man, die inderdaad als enige strak in de lens keek. De anderen hadden me niet opgemerkt of deden misschien alsof, maar waren in elk geval alleen maar bezig met hun werk en negeerden me. Maar hij, die man, keek me recht aan. Op de vijf foto's waarop hij te zien was, hield hij zijn ogen strak op mij gericht – grote ogen, waarin ik een mengeling van zelfverzekerdheid en minachting meende te zien. Hij leek een worstelaar die me laatdunkend uitdaagde. Merkwaardig genoeg had hij op alle foto's diezelfde blik, diezelfde houding: rechte rug, hoofd iets naar achteren, geheven, trotse kin. Ik had nooit op hem gelet, terwijl hij duidelijk mijn blik zocht. Hij leek tamelijk jong, had een pikdonkere huid, en zijn volle, wat woeste haardos gaf hem het voorkomen van een zwerver. Hij was niet bijzonder knap, maar de jeugdige arrogantie van zijn blik prikkelde me, amuseerde me, beviel me. Zelden had iemand me met zo'n intense blik aangekeken. Als er geen lens tussen ons in had gezeten, zouden zijn ogen me zonder meer hebben verzengd.

'Nou, ik zie dat hij je boeit. Je zit al een halfuur zwijgend over hem heen gebogen. Weet je echt niet wie hij is?'

'Geen idee, nee,' zei ik, terwijl ik me zowel opgelucht als met tegenzin losrukte van de blik van de man.

Toen de vissers de volgende dag van zee terugkeerden, zocht ik uiteraard alleen hem. Van achter de lens, wachtte ik op die blik van hem, wilde ik dat brutale in zijn ogen vastleggen, gevangenhouden, beantwoorden. Maar hij was spoorloos verdwenen. Ik zag hem nergens. Ik liep het hele strand af, langs alle prauwen, alle vissers. Tevergeefs. Ik had een foto bij me waar hij op stond. Ik vroeg aan een van de vissers of hij hem kende.

'Natuurlijk ken ik hem. We kennen elkaar hier allemaal. Dat is Yatma, Yatma Ndoye, de zoon van Bamar Ndoye. Hun prauw komt vanavond niet aan land. Ze brengen twee dagen door op zee. Morgen zijn ze er weer, ongetwijfeld met heel veel vis. Het is de beste prauw van het dorp.'

Teleurgesteld ging ik terug. Ik had alleen een naam en

dat was me niet genoeg. Ik wilde zijn ogen. Rama was aan het koken toen ik binnenkwam.

'Heb je mooie foto's vanavond?'

'Nee, niet echt.'

'Dat zeg je altijd, maar er zitten elke dag wel een paar prachtige tussen. Laat eens kijken.'

'Ik heb helemaal geen foto's genomen,' zei ik na een ongemakkelijke stilte. 'Vandaag heb ik niets.'

'Je klinkt als een visser die met lege netten thuiskomt.'

Ik gaf geen antwoord.

'Omdat hij er niet was, hè?'

'Wat?'

'Die man op de foto's. Die in de lens kijkt. De man van wiens gezicht je gisteren je ogen niet kon afhouden. Ik heb het wel gezien. Toen ik vannacht wakker werd, zag ik dat je zijn foto's zat te bekijken. Het was al heel laat. Heb je soms de hele nacht naar die foto's zitten staren?'

Zonder iets te zeggen liep ik weg. Ze hield me tegen.

'Dat is geen oordeel, hoor, Ndéné. Ik zal nooit over je oordelen.'

Ik nam de wijk naar mijn kamer en sloeg de deur van de zitkamer achter me dicht. In plaats van me te kalmeren en me op te beuren had Rama me met haar laatste woorden geïrriteerd, en ik wist niet waarom. Wat was erger: dat er wel of niet over je geoordeeld werd? In beide gevallen was je onderworpen aan de blik van de ander, zelfs als die ander niets met die blik bedoelde. Door niet over me te oordelen gaf Rama me het recht om volkomen vrij te zijn. Maar dat was ik blijkbaar niet helemaal. Als ik, om mezelf te kunnen zijn, wilde dat er vooral niet over me werd geoordeeld, was ik dus nog steeds afhankelijk van de ander, of die nu een oordeel over me velde of juist niet. Met dichtgeknepen ogen en een hoofd dat kolkte, zat ik Rama te haten. Ik vervloekte het dat ze geen oordeel had, wat in feite toch een oordeel was. Pas op voor mensen die beweren niet over je te oordelen: zelfs als ze het oprecht menen, vooral als ze het oprecht menen, hebben ze dat toch al gedaan, misschien zelfs strenger dan anderen. Zonder het te willen, misschien zonder het weten, hebben ze hun gedachten over je laten gaan en je tot op het bot ontleed. Misschien had ik liever gehad dat Rama wel over me had geoordeeld, me duidelijk had gezegd wat ze vond van mij en van de onrust die ze in mij voelde, een onrust waar ik niets van wilde weten. Maar ze velde geen oordeel. En dus liet ze me alleen met die blik van Yatma. Ik had de man niet meer op het strand gezien. Eigenlijk kwam al die woede, al die irritatie daarvandaan: ik had zijn ogen niet teruggezien.

De rest van onze avond verliep in een chagrijnige stilte. Rama zei niets en mijn woede werd maar niet minder. Ik wist heel goed dat die op mezelf gericht was. Rama kon ik niets kwalijk nemen, ook al was ik zo laf haar aan te wijzen als de oorzaak van mijn slechte humeur. Ze had me niets gedaan, en dat was juist het probleem. De verwarrende sensatie die Yatma's ogen bij me teweegbrachten, had niets met haar te maken. De aanleiding voor mijn woede was mijn eigen gemoedstoestand, de schaamte die op de raadselachtige aantrekkingskracht van Yatma's magnetische blik volgde maar deze niet ongedaan maakte. Dat ik die aantrekkingskracht voelde, was een beschamende zwakheid. Maar uit mijn schaamte maakte zich daarop direct, als een schandelijk lied, een even sterk als duister genoegen los, het genoegen van een adolescent die een zonde begaat, een taboe schendt. Het genoegen van de schaamte bij het ervaren van dat genoegen. Ik begon mezelf te verliezen en wat ik overhield aan dat besef was diepe verbittering. Was ik zo zwak, zo ontvankelijk dat ik voor de tweede keer in een paar weken zozeer in de ban kon raken van een jongeman die ik niet kende?

Rama besloot dat ik mijn innerlijke strijd maar alleen moest uitvechten en ging naar bed. Ik bleef in mijn eentje achter in de zitkamer, op een paar meter van de tafel waar de foto's lagen. Ik hoefde maar een paar stappen te doen om die blik terug te zien... Een paar stappen, een paar luttele stappen... Ik moest al mijn wilskracht aanspreken om in mijn stoel te blijven zitten. De tafel voelde als een kwaadaardige verleiding. Ik moest er niet naartoe gaan. Ik moest er ver vandaan blijven, ver bij die vervloekte tafel en zijn blik vandaan. Ik begon Koranverzen te reciteren, *duas*, smeekbeden, uit te spreken om ervoor te zorgen dat de tafel me met rust liet. Ik hoopte dat God de bliksem zou laten neerdalen, dat de tafel daar voor mijn ogen vlam zou vatten... Maar niets van dat alles. Ik staarde naar de tafel, zo ontzaglijk dreigend en dichtbij. Alsof mijn leven ervan afhing, met mijn handen verkrampt om de armleuningen van mijn stoel, bleef ik Koranverzen opzeggen. Het was bespottelijk. Als ik niet zo bang was geweest, zou ik me gek hebben gelachen om de sneue aanblik die ik bood.

Waar ben je bang voor, Ndéné? Dat je een flikkertje bent geworden? Ben je bang voor wat die blik met je doet? Jij, van oudsher zo'n grote, trotse hetero, jij die alleen van vrouwen houdt en altijd alleen maar van vrouwen hebt gehouden, van borsten met grote, bobbelige tepelhoven, van vrouwenbillen, van de smalle, sensuele nek van vrouwen, van de geuren van hun geslacht, van hoe ze zich door de wereld begeven en hoe ze de wereld zien, jij voor wie het vrouwelijke universum altijd vooral zo begeerlijk was omdat je wist dat je er nooit in zou kunnen doordringen, het nooit zou begrijpen, jij zou opeens een góor-jigéen zijn? Wat! Jij, met je islamitische achtergrond, zoon van een vroom man die bijna imam was geworden, jij die als kind op de Koranschool hebt gezeten, jij die bent grootgebracht, opgeleid, onderwezen volgens de deugden van dit land, jij zou een nicht zijn geworden? Ben je bang dat je straks fantaseert hoe je op handen en voeten ruw geneukt wordt door een boom van een vent met een machtige, geribbelde pik? Dat je je aangetrokken zult voelen tot een naakt mannenlichaam? Is dat je angst? Ben je bang voor de eenzaamheid, het leed, de stilte waarin je zou worden ondergedompeld als je er zo een was? Ben je bang dat een meute je ogen komt uitrukken? Jij hield toch juist zo van menigten, zei je? Daar ben je iemand en toch zomaar iemand, was het niet? O, lafaard, je beeft voor de meute die je dood wil hebben! Ben je bang voor de dood? Wat is er toch met je? Heeft het gerucht dan toch gelijk? Wat zou je dan doen? Wat zul je doen? Wat ga je doen? Een eind aan je leven maken? Ben je bereid jezelf te aanvaarden als een homoseksueel in al zijn glorie? Geef antwoord, imbeciel!

Het was al diep in de nacht en ik voelde dat ik de strijd ging verliezen. De tafel lonkte, met die stapel foto's die ik alleen maar hoefde te bekijken om, op welke manier dan ook, verlossing te vinden. Ik begon verstrikt te raken in de litanie van Koranverzen. God liet me in de steek. Of ik Hem. Uiteindelijk begaf ik me naar de tafel. Yatma stond op vijf foto's. Ik pakte ze met afgewend hoofd op, uit angst zijn ogen te ontmoeten, stopte ze in mijn zak en liep naar buiten, naar het strand.

Ik voelde de foto's in mijn zak, vlak bij mijn geslacht... Die blik... Ik versnelde mijn pas... Die blik... Het begin van een erectie. Ik begon te draven en daarna te rennen, snikkend als een kind. Ik stikte. De erectie werd harder. Die blik... De lucht was koud. De tranen liepen over mijn wangen. Ik hijgde. De hele tijd op mij gericht, op mijn nek, op mijn gezicht, overal, die donkere, arrogante blik, die blik van vuur – een zwart vuur – van Yatma Ndoye. Het gerucht, het geruis van golven. Nog één duin over. Mijn geslacht was volledig gezwollen. De zee, eindelijk. Ik bleef een paar seconden staan, buiten adem. Ik wachtte tot mijn ademhaling langzaam weer tot rust kwam en trok daarna met een trillende hand de foto's uit mijn zak. Nog steeds meed ik de aanblik ervan angstvallig. Waar wachtte ik op? Op een vlaag van moed. Op een teken. Dat diende zich aan in de vorm van een golf die donderend tegen de pier sloeg: woedend verscheurde ik de foto's en wierp de snippers in de lucht. De blik was gereduceerd tot duizend kleine stukjes die over het strand fladderden, verstrooid door de ijzige wind. Sommige vielen in het water, andere rolden voort over het strand als krabbetjes die het duister in vluchtten.

Een paar seconden lang meende ik een soort opluchting te voelen. Maar het was juist het begin van een beklemming die zich opnieuw, en nog twee keer zo heftig, meester van me maakte. De blik... Hij leefde voort. Natuurlijk leefde hij voort. Hoe had ik ook maar een moment kunnen denken dat ik hem had gedoofd door de ogen te vernietigen waaraan hij ontsprong? Opnieuw had ik mezelf voorgelogen. Hij leefde voort in mijzelf. En nu holde ik als een dolle achter de over het strand verspreide fotosnippers aan. Wat hoopte ik daarmee te bereiken? Nog één keer, op de plek waar ik ze voor het eerst had ontmoet, die ogen terug te zien, met die blik waardoor ik me alleen nog maar zwak en naakt voelde?

Het lukte me een paar snippers op te rapen. Geen ervan toonde me de blik die ik zocht. De andere snippers waren allang als as verspreid over het strand of in het water. Het was uitgesloten dat ik ze nog zou terugvinden. Uitgeput en ongelukkig liet ik me op het zand vallen. Mijn geslacht was al die tijd keihard gebleven en deed nu pijn. Ik haalde het tevoorschijn en in tranen, in een mengeling van schaamte en genot, masturbeerde ik tot het moment van verlossing, dat zich, met een lange jammerklacht, krachtig, van heel diep aandiende, en me voor dood achterliet aan de verlaten waterkant. Het was voorbij.

Pas een hele poos later stond ik op en begaf ik me hijgend en puffend naar het huisje. Daar aangekomen nam ik een douche, waarna ik me tegen Rama aan vlijde en mijn gezicht in haar haardos begroef.

19

De volgende dag kondigde ik bij het ontbijt aan dat ik terug wilde.

'Weet je het zeker?'

'Waarom vraag je dat?'

'Omdat je misschien nog niet hebt gevonden wat je hier kwam zoeken.'

'Hoe weet jij wat ik hier kwam zoeken?' Ze wilde antwoorden, maar ik was haar voor. 'En trouwens, wie zegt dat ik iets zoek? De hele wereld vraagt me sinds een paar dagen wat ik zoek. Waarom zou er per se iets te zoeken vallen? Vertel me dat eens. Jullie denken allemaal dat het er in het leven om gaat dat je een geheim vindt, een openbaring die zin geeft aan ons bestaan... Maar wie weet is er helemaal niets aan het eind van de tunnel. Misschien is wat we aanzien voor het licht van de zaligheid niets anders dan het bleke schijnsel waarin het kille voorportaal van de andere ingang is gehuld. Stel je voor! Dat zou wreed zijn! En grappig! Misschien zitten we wel met z'n allen in een buis, een soort dikke darm, waarin sommigen zich in de ene en anderen zich in de tegenovergestelde richting bewegen, terwijl we allemaal menen dat we het licht zullen zien op de plek waar de anderen slechts een vaal vagevuur hebben achtergelaten. En niemand die een ander aanspreekt. Niemand die tegen zijn naaste zegt: "Daarginds is niets, vriend! Ik kom er net vandaan." Tragisch misschien, maar wat zou het grappig zijn!' Ik lachte boosaardig. 'Grappig en zinloos. Hebben jullie daar weleens aan gedacht? Wat zou jij doen, wat zouden jullie allemaal doen als er uiteindelijk helemaal niets te zoeken viel, als alles niets meer was dan een eindeloze reeks toevalligheden zonder verborgen boodschap? Wat zou je doen als die tunnel inderdaad een darm bleek te zijn?'

'De vraag is eerder: wat zou jij doen? Hoe zou jij reageren als je te horen kreeg dat je aanwezigheid hier geen enkele zin heeft? Als je werd verteld dat wat je zoekt niet alleen niet bestaat, maar dat het hele idee van zoeken absurd is?'

Rama sprak met een kalmte die me irriteerde. Ik verhief mijn stem: 'Maar ik zoek helemaal niets! Wat wil je dan dat ik zoek?'

Ik had die vraag gesteld met een mengeling van ergernis en enorme hoop, en waarschijnlijk besefte Rama dat ik haar niet vroeg om haar hypotheses uiteen te zetten, maar haar eigenlijk smeekte me te hulp te komen, me de juiste weg te wijzen.

'Ik wil helemaal niets, Ndéné. Misschien ben je inderdaad nergens naar op zoek. Misschien doe je zelfs wel het tegenovergestelde: vluchten.'

Heel even heerste er een diepe stilte, gevaarlijk als een moeras, waarin ik vreesde voorgoed te verdwijnen, al vond ik dat vooruitzicht ook verleidelijk.

'Vraag me niet waarvoor of voor wie je op de vlucht bent. Dat weet jij alleen. Dat kun jij alleen weten. Maar ik zal je één ding zeggen...' Ze viel stil, en voor het eerst sinds het begin van dit gesprek merkte ik dat ze naar woorden zocht, dat ze haar kalmte dreigde te verliezen. 'Een man die bang is om op zoek te gaan naar zijn diepste waarheid en zijn demonen onder ogen te zien, herken ik direct. Dat soort mannen zie ik elke avond. Die komen aanzetten met het gewicht van de wereld op hun schouders, gebukt onder zelfverwijt, angst, schuldgevoel, het verlangen hun misstappen goed te maken. En ze vertellen me hun levensverhaal, in de hoop dat ik ze op wonderbaarlijke wijze zal helpen redden wat er van hun leven rest. Maar dat kan ik niet. Ik hoor hun verhalen alleen maar aan. Uiteindelijk barsten ze altijd als een kind in huilen uit, en dan kijk ik naar ze met een mengeling van moederlijke tederheid en diepe woede. Ik hou en walg van ze. Ze zitten meestal een hele tijd te huilen, soms wel urenlang. Ze gooien er alles uit. Al hun ellende. Daarna voelen ze zich niet beter – dat zou te mooi zijn –, maar ze weten dan wel dat als ze blijven liegen, ze ook langzaam zullen blijven sterven. Dat soort mannen herken ik direct. En jij, Ndéné, jij bent precies als zij.'

'Ah, je oordeelt nu dus wel over me?'

'Of ik over je oordeel of niet is van geen enkel belang. Waar het om gaat, is hoe je over jezelf denkt.'

Mijn blik dwaalde af naar het raam, stuitte op de duinen die ik vannacht nog had moeten beklimmen om het strand te bereiken. Ik voelde Rama's ogen op me gericht, geduldig maar streng. Ik wendde me opnieuw tot haar, nu al doodmoe, bijna smekend.

'Ja, misschien ben ik net zo, zoals jij beweert. Maar ik kan niet al mijn demonen onder ogen zien. Dat kan niemand. Ik heb er een paar onder ogen gezien. Dat is al heel wat. Maar er moeten er genoeg overblijven om bang voor te zijn, anders is het met ons gedaan.'

'Ik heb ook niet gezegd dat we al onze demonen moeten overwinnen. Ik heb alleen gezegd dat we ze op z'n minst onder ogen moeten zien. Allemaal.'

'Moedig van je, hoor,' zei ik op een toon die sarcastisch bedoeld was, maar alleen maar lachwekkend klonk.

'Nee, niet moedig. Ik weet dat ik de strijd kan verliezen, maar het is niet mijn grote angst om een verliezer te zijn.'

'Dat bedoel ik dus. Een toonbeeld van moed, van voortreffelijke moed.'

'Moed is een groot woord. Dat is een woord voor helden. Die zijn zeldzaam en ik ben er geen. Ik heb het over iets anders, iets wat zowel eenvoudiger als moeilijker is dan moed: luciditeit.'

'Ik zie het verschil niet zo. Maar oké, wat zou het in mijn geval inhouden, lucide zijn?'

Ze keek me een hele tijd aan, met een uitdrukking die ik niet van haar kende, een nieuwe uitdrukking die van haar iemand anders maakte, een vreemde.

'Dit gaat niet alleen over jou, Ndéné,' zei ze. 'Lucide zijn betekent voor ons allemaal dat we onszelf recht in het gezicht kunnen kijken, hoe dat gezicht er ook uitziet. Ook al is het lelijk, ook al zit het vol littekens, ook al is het overdekt met wonden en pus, ook al rot het weg, we moeten ernaar kijken. Zo simpel is het.'

'Nee, zo simpel is het niet. En trouwens, waar hebben we het nu eigenlijk de hele tijd over? Dit is allemaal erg abstract, vind je niet?'

'Misschien, maar zo is jouw leven, en daar hebben we het over. Dat weet je best. Als je het idee hebt dat ons gesprek abstract is, komt dat doordat jouw leven dat ook is. En je hebt er niets aan gedaan om het te veranderen.'

'Ik weet niet of ik dit begrijp.'

Daarop werd haar gezicht weer zoals ik het van haar kende. Ze zuchtte en keek me met een vermoeide glimlach aan.

'Ik leg het slecht uit. Ik ben ook geen leraar, hè... Ik vind er de juiste woorden niet voor. Ach wat! Wie ben ik om te zeggen "je moet"? Je moet helemaal niets. Ik heb me laten meeslepen. Laat maar zitten. Iedereen moet maar doen wat hij kan. Dat is beter, hè?' Opnieuw een glimlach, een droevige ditmaal. 'Ik zou je zo graag willen helpen... Zo ontzettend graag. Maar niemand kan je helpen.'

Voor het eerst sinds ik haar kende, huilde Rama in mijn bijzijn. Ik liep naar haar toe en sloeg mijn armen om haar heen. We hielden elkaar een hele poos vast.

Nee, je legt het niet slecht uit. Die dingen vallen niet uit te leggen. Natuurlijk heb ik je begrepen, Rama, natuurlijk wel. Je wilde me gewoon zeggen dat je nooit voor eeuwig je toevlucht kunt nemen tot een paradijs, niet omdat een paradijs en de eeuwigheid niet samengaan, maar omdat eenieder op aarde eeuwig en altijd een stukje hel in zich draagt. Je wilde me zeggen dat de hel een piepkleine prauw in een enorme paradijsstorm kan zijn zonder ooit om te slaan. Dat die twee dingen, de hel en het paradijs, wel samen kunnen gaan, en dat dat uiteindelijk hetgeen is wat ons in leven houdt. De absolute hel is onleefbaar; het absolute paradijs ook. Natuurlijk zou je het niet op die manier hebben verwoord. Jouw formuleringen zouden eenvoudiger, directer, harder, treffender, waarachtiger en minder abstract zijn geweest. Maar ik wilde ze nog niet horen. Ik was er niet klaar voor.

Ik belde de eigenaar om hem te melden dat we die dag wilden vertrekken. We maakten het huisje schoon, pakten onze spullen in en gingen 's middags nog een laatste keer langs het strand wandelen, tot aan de rand van het strandmeertje. Die dag waren er geen kinderen, en de kleine prauw was verdwenen. Nog altijd leek het dorp uitgestorven. Tegen vijven waren we klaar voor vertrek, vlak voordat de vissers terugkeerden. Yatma zou er zeker bij zijn. Hij zou hier nooit iets van weten.

Op het moment dat we in de auto stapten, kreeg Rama een appje.

'Van Angela. Ze heeft me twee foto's gestuurd.'

'Waarvan?'

'De opgezwollen gezichten van twee mannen die gisteren door een meute zijn gelyncht. Ze werden betrapt toen ze elkaar kusten. Het is op de universiteit gebeurd. Ze zijn ter plekke afgetuigd, zoals altijd. Ze liggen in kritieke toestand in het hoofdziekenhuis. Angela zegt dat een van hen een gerenommeerde hoogleraar is aan de letterenfaculteit. Ze vraagt of jij hem kent. Wil je even kijken?'

'Nee.'

Ik startte de auto.

20

De jotalikat is vannacht aan zijn verwondingen overleden. Meneer Coly heeft een verbrijzelde kaak. Hij is ook een oog kwijtgeraakt en heeft ernstig hoofdletsel met gedeeltelijk geheugenverlies. Ik trof hem bij bewustzijn aan, in erbarmelijke toestand, maar bij bewustzijn. Hij weet niet meer wie ik ben en heeft grote moeite met spreken. Telkens wanneer hij zijn mond probeert te openen, begint hij enorm te kwijlen, en de woorden die hij eruit probeert te persen gaan verloren in dat magma van overvloedig speeksel en ongearticuleerde zinnen. Toch voel ik dat hij iets wil zeggen wat zo belangrijk is dat hij bereid is het aan een onbekende toe te vertrouwen – want ik ben een onbekende voor hem. Hij tracht te communiceren met het oog dat nog werkt. Dat is alles wat hem rest: een cyclopenblik om mee te praten. Maar ik begrijp niets van die ogentaal. Ik weet alleen dat hij pijn heeft en misschien bang is. Ik zeg tegen hem dat ik niet begrijp wat hij me probeert te vertellen. Dat wordt hem bijna te veel. In zijn wanhoop en pijn sluit hij zijn ogen. Hij weet zich gevangen in het grootst mogelijke lijden, waarover hij niet kan praten. Uit zijn linkeroog – het oog dat nog functioneert – loopt een traan; uit het andere sijpelt, nu het verband waarmee het is bedekt erdoor is verzadigd, een gelig, in vuilrood uitlopend vocht. Ik verlaat uiteindelijk maar de kamer.

De dokter wacht me op in de gang. 'We houden hem nog even hier. Een dag of tien, niet langer. We hebben plaatsgebrek, ziet u... Kom hem zo vaak mogelijk opzoeken. Als hij bekende gezichten ziet, zal hem dat helpen zich dingen beter te herinneren. Praat met hem over zijn leven, haal herinneringen op. Maar begin voorlopig niet over de redenen waarom hij hier ligt... En noemt u die ander ook maar niet... Zijn vriend... Ik bedoel...' De arts valt stil, aarzelt, kijkt me aan, en heel even vang ik een glimp op, verscholen in zijn blik, van zijn verschrikkelijke innerlijke strijd, een strijd waarin zijn beroepsgeweten uit alle macht zijn morele oordeel probeert te verdringen. Hij verandert van onderwerp en vertelt me dat ik de eerste ben die meneer Coly bezoekt sinds hij hier gisteravond naartoe is gebracht. Het ziekenhuis heeft geprobeerd zijn vrouw te bellen, maar zij weigerde op bezoek te komen. De dokter zegt dat het vaak zo gaat. Alle homoseksuelen van wie de geaardheid bekend is geworden, verliezen de steun van veel naasten en vrienden. Als ze een vrouw hebben, raakt die vaak in een depressie. Het is voor zo'n vrouw een onverdraaglijke gedachte dat ze bedrogen is, gediend heeft als dekmantel, alleen maar een baarmoeder als waarborg is geweest, een façade van fatsoen, een visitekaartje van zijn viriliteit. Ze voelt zich kortom gekwetst omdat haar man misschien nooit echt van haar heeft gehouden.

Afgezien van Angela en haar collega's van Human Rights Watch is er niemand bij meneer Coly op bezoek gekomen. De jotalikat vergaat het al net zo. Er is nog niemand gekomen om het lichaam op te eisen. Toch lijkt de arts zich daar weinig zorgen over te maken. 'Uiteindelijk zal iemand hem wel komen ophalen, midden in de nacht, als niemand het ziet. We zijn het gewend.' Hij duwt zijn bril wat hoger op zijn neus, drukt me beroepsmatig de hand en loopt weg zoals alleen artsen dat kunnen.

Ik hoor het gerucht van de stad buiten. Ik blijf er een paar minuten naar staan luisteren, roerloos en alleen in de gang, waar het licht uitgaat, en dan voel ik langzaam een vloedgolf van haat in me opkomen: pure haat jegens de stad, haar rumoer en al haar inwoners. Plotseling heb ik de behoefte om ze te vermoorden, ze allemaal te vermoorden, zonder enig onderscheid, zonder de tijd te nemen ze geval voor geval te beoordelen, zonder pogingen te doen erachter te komen wie goed is, wie slecht, wie menselijk en wie half menselijk is. Daar heb ik niet eens zin in: ze zijn allemaal schuldig. Er kunnen tussen hen geen onschuldigen rondlopen. Zij zijn de samenleving, de zich meedogenloos voortbewegende samenleving, machtig en onbedwingbaar als een boa constrictor die een prooi verstikt. Als ik de mogelijkheid had gehad, zou ik gewapend naar buiten lopen en blindelings, als een terrorist, op de menigte schieten, dronken van haat, van walging, van vastberadenheid. Maar ik heb geen enkel wapen; ik ben naakt en zwak, zoals ieder mens tegenover zijn medemensen. Ik kan niets doen, alleen hun blikken trotseren, zo rechtschapen, zo onschuldig, zo zuiver, zo weerzinwekkend door het gelijk dat ze aan hun kant hebben en altijd aan hun kant wensen te hebben. Elk van hen maakt deel uit van de meute die Amadou heeft opgegraven; elk van hen heeft deelgenomen aan de mishandeling van meneer Coly en de jotalikat; ze hebben allemaal de put van stilte gegraven waarin Amadous moeder elke dag afdaalt.

De zee van haat blijft stijgen, staat dadelijk zo hoog dat ze niet meer dalen kan. Ik ga naar buiten. Ik ga naar buiten en word hun ergste nachtmerrie, maar tegelijkertijd iets waar ze in hun dromen naar hunkeren, alleen maar om het te kunnen doden: een góor-jigéen. Ik ga naar buiten, om hun met een en dezelfde handeling het ondraaglijkste leed te berokkenen en het onbetaalbaarste geschenk aan te bieden: ik ga me transformeren tot flikker, tot een flikker waar ze in hun diepgewortelde afkeer bang voor kunnen zijn en tegelijkertijd in hun duistere moorddrift begeerte voor kunnen voelen. Laten ze me maar bespuwen, laten ze me maar met hun tanden verscheuren, laten ze maar mijn botten breken en me naakt door de straten slepen, laten ze me maar uitschelden, mij en wijlen mijn moeder, laten ze maar vinden dat ik het niet waard ben te blijven leven, laten ze me maar mijn tanden uit mijn mond slaan, zodat ik beter kan pijpen, zoals ze vervolgens zullen zeggen, laten ze me maar lynchen en me ergens in de buitenlucht achterlaten, met uitpuilende ingewanden, als het kadaver van een beest! Laten ze me maar als een muildier opzadelen met hun haat: daarmee vullen ze alleen maar de mijne aan, totdat ik te midden van hen explodeer en we allemaal omkomen in onze haatgevoelens, die als zweren, als zuurbellen openbarsten. Zij zijn niet de enigen die haten kunnen. Mijn smeekbede: laten ze mij de hoofdrol in zo'n filmpje geven! Laten ze mij dat enorme voorrecht verlenen om voor de camera te sterven! Dat is mijn wens. Heengaan in de grootst denkbare geweldsuitbarsting en de hele wereld meesleuren, want dat is wat we allemaal verdienen, wij allen, nietige schepselen die we zijn en die zo'n wrede oorlog tegen elkaar voeren. Ik voel me sterk, in het bezit van een immense, gitzwarte kracht die de spot drijft met de luttele redenen die ik nog heb om te leven en lief te hebben: Rama, Adja Mbène en jij natuurlijk, pappa – vergeef me! –, want ik zie al voor me hoe je me, op je knieën voor mijn graf, huilend en met trillende handen uitgraaft, voortdurend heen en weer geslingerd tussen je liefde en je schaamte.

Langzaam zet ik me in beweging, loop de gang door, in de richting van de uitgang. Het licht gaat weer aan, en op datzelfde moment barst er een onoverwinnelijke vreugde in mij los, die zich mengt met de inmiddels ziedende zee van mijn haat. Het is een eenvoudig soort vrolijkheid, die nu flinke kopstoten begint uit te delen, tegen mijn hart, mijn buik, mijn hoofd. Het doet bijna pijn. In dit ziekenhuis, dat alles weg heeft van een sterfhuis, dreunen mijn voetstappen met een enorme, sinistere echo na. Het zijn de voetstappen van een man in de laatste gang, een gang zo duister dat hij alleen nog het licht aan het eind ontwaart, soms schemerig, soms goddelijk; en zo smal dat de veroordeelde zich niet meer om kan draaien om rechtsomkeert te maken. Ik kan alleen maar verder lopen. Ik wil alleen maar verder lopen. Er is geen terugkeer meer mogelijk of zelfs wenselijk. Verder, maar waarheen? Leidt verdergaan ooit ergens heen?

Hiervoor heb ik Rama bij haar thuis afgezet. Ze wilde bij mij blijven. Ik zei dat ik alleen wilde zijn, echt alleen, in elk geval vannacht. Ze wilde nog iets zeggen, maar na een lange aarzeling kuste ze me uiteindelijk op mijn wang en stapte uit. Ze bleef me vanaf de stoep nakijken, verdrietig, leek het wel; en lang nadat ik was weggereden, zag ik haar silhouet nog in de achteruitkijkspiegel, haar bedroefde blik nog steeds op mij gericht, totdat ze door het duister werd opgeslokt. Op de passagiersstoel had ze een van haar lange dreadlocks achtergelaten.

Voordat ik naar het ziekenhuis reed, ben ik langsgegaan bij het graf van Amadou. Ik was bang dat de meute het zou hebben geschonden, om hem een tweede keer op te graven. Maar de stenen bakenden nog altijd, onaangeroerd, hun heilige domein af. Er was niemand geweest, er zou nooit meer iemand komen: eindelijk was hij dood. Ik was plotseling ontroerd door de eenvoud van zijn graf, alsof me die nooit eerder was opgevallen. Die vier stenen hadden opeens iets weg van een prachtig mausoleum, zonder praal. Het kwam bij me op dat ik iets moest schrijven. Ik brak een twijgje van de boom en hield het boven de ruimte tussen de stenen, in afwachting van de woorden die ik er bij wijze van grafschrift in het zand zou willen schrijven. Het stokje bleef een hele tijd boven het graf hangen. Er kwam niets bij me op. Uiteindelijk wierp ik de twijg weg, want ik bedacht dat ík de grafschenner zou zijn geweest als ik die rustplaats van zijn maagdelijke schoonheid beroofde door erop te schrijven.

De gang. Ik ben bijna buiten. Ben ik er zo een? Ja... Nee... Het doet er niet toe: het gerucht heeft beweerd, besloten, beslist dat het zo is. Dus zal ik er een zijn. Ik moet er een zijn. Als zij het nodig hebben, die lui daar buiten, dat ik er een ben om beter te kunnen leven, zal ik zo zijn, mijn rol met overgave spelen. Iedereen blij. Zij om te leven, ik om te sterven. Maar misschien dat ze dan, na mijn dood, zullen beseffen welk geschenk ik ze heb gegeven... Dan zullen ze mijn lof zingen. Dan zullen ze mijn koude voeten kussen en hun lippen op mijn kist drukken zoals ze bij heiligen doen. Sommige van mijn beulen zullen, zodra hun woede bekoeld is, iets aardigs over me zeggen, zonder enig risico, want een goede flikker is een dode flikker. De warme lucht van de stad streelt mijn gezicht al. Het gerucht nadert. Ik begroet het als een broeder, met open armen. Luciditeit... Waar Rama het over had. Die luciditeit... Misschien vind ik die hier. Nog een paar stappen en ik word erdoor verblind. Ik heb mijn keuze gemaakt. Iedereen hier is bereid te doden om een voorvechter van het Goede te kunnen zijn. Ik ben bereid te sterven om het enig overgebleven symbool van het Kwaad te kunnen zijn.

MOHAMED
MBOUGAR
SARR
DE
DIEPST
VERBORGEN
HERINNERING
VAN DE
MENS
ROMAN
atlas contact
Bekroond
met de
Prix Goncourt
2021

EVENEENS VAN MOHAMED MBOUGAR SARR

De diepst verborgen herinnering van de mens

Beste boek van het jaar 2022
volgens *De Morgen* en *de Volkskrant*

Bekroond met de Prix Goncourt 2021

Mohamed Mbougar Sarr – de jongste winnaar van de Prix Goncourt sinds 1976 – vertelt op virtuoze wijze over de zoektocht naar de verdwenen schrijver van een verloren gewaande cultklassieker. Het resultaat is een verslavend verhaal van een queeste die hele continenten doorkruist, en die verweven is met de complexe erfenis van het kolonialisme.

‘Sarr zet alles op het spel in een zinderende totaalroman. Elke zin, elke scène doet ertoe in deze lichtende, weergaloze roman van een groot literair talent.’ ★★★★★
– *de Volkskrant*

‘Bovenal is Sarr een uitmuntend verhalenverteller, en dat is waar het in de literatuur – de roman is ook een liefdesbetuiging aan de literatuur – om draait: het vertellen van verhalen.’ – *Het Parool*